중국어 체험기

중국어로 유튜브 인싸되기

중국어 체험기

중국어로 유튜브 인싸되기

이유진 저

MUN HYUN

들어가는 글

투자 전문회사 로저스홀딩스의 회장이며 워렌 버핏, 조지 소로스와 함께 미국 3대 투자가라 불리는 짐 로저스Jim Rogers. 2008년 글로벌 금융위기, 리먼 브러더스 사태, 중국의 부상 등등 세계 경제 흐름을 100% 예측했으며, 투자 수익률 4,200%를 달성한 신화적 인물이다.

2007년, 그는 미국 집을 정리하고 가족과 싱가포르로 이주했다. 2017년 9월, KBS 프로그램 '명견만리'에 출연해 이주 이유에 대해 말한 바 있다. 자녀의 진로 때문이었다.

"앞으로 세계 중심이 중국으로 올 것입니다. 이에 대비하려면 언어와 문화를 이해해야 합니다.

시장을 익히고 미리 인적 네트워크를 구축해야 합니다."

짐 로저스는 21세기를 이끌어 갈 국가로 중국을 지명했다. 자신의 자녀들에게 '중국'을 배우게 하려고 이주한 것이다. 그의 자녀들은 원어민 수준의 중국어를 구사한다. 그는 현재 중국이 여러 문제를 가지고 있음을 빠트리지 않았다. 미국도 경제 대공황, 인종 문제 등의 문제를 겪었지만 결국 성공했다. 중국도 그럴 것이라 확신했다. 세계적인 투자가가 중국에 배팅했다고 해서 중국어를 배워야 할까? 배울지 안 배울지는 여러분의 선택이다. 하지만 중국어를 배워두면 결코 손해 보는 장사가 아니다. 세 가지 이유를 말해주겠다.

첫째, 자신의 분야에서 부자가 되고 싶은가? 중국을 잡아야 한다. 중국의 시장 규모는 상상을 초월한다. 요즘 1인 방송이 보편화 되었다. 한국 BJ 상위 10위까지 월 평균 수입은 약 6,000만 원이다. 엄청난 금액이다. 중국 BJ 상위 10위까지 월 평균 수입은 23억이다. 중국 수익 1위 BJ 파피장은 월 59억을 번다. 상상할 수 없는 금액이다. 중국 1인 방송 시장 규모를 90억 위안한화 1조 5천억 원으로 보고 있다. 수익이 높을 수밖에 없는 게 인구가 약 15억이다. 한국의 방송 동시 접속자는 최고 4만 명이지만 중국은 100만 명이다. 한국 시장과

규모에서 비교가 안 된다.

영화 사업은 어떤가? 얼마 전 개봉한 영화 '전낭战狼 2'는 5.6억 위안한화 약 9800억 원의 수익을 올렸다. 관객 수는 1억 5935만 명이다. 할리우드 영화들이 중국 진출에 혈안을 올리는 이유이다. 중국 시장 규모는 어느 나라와 비교해도 단위가 다르다.

요즘은 의사도 중국어를 배운다. 내수시장은 이미 포화상태라 한계가 있다. 의료산업도 발 빠르게 중국에 진출하고 있다. 중국어+기술이 핵심인 시대이다. 의료, IT, 무역, 미용, 1인 방송, 온라인 판매, 게임 등등. 모든 산업이 중국과 연결고리가 있다. 자신의 분야에서 최대한 부를 창출하고 싶은가? 중국이 답이다.

둘째, 중국은 앞으로 더 부상할 것이다. 2020년 중국에 관한 안 좋은 기사들이 연일 쏟아졌다. 경제 거품, 미국과의 무역 전쟁, 코로나 등등. 중국이 타격을 입을 것으로 생각하는가? 필자는 그렇지 않다고 생각한다. 중국은 더 상승할 것이다. 지금까지 중국은 전 세계의 생산 공장 역할을 담당했다. 외자 기업에 파격적인 세금 혜택을 주었다. 전 세계 물자의 대부분이 중국 공장에서 생산되었다. 근 몇 년간 이러한 정세가 바뀌었다. 공장이 중국에 있는 동안 정부는 적극적으로 그곳의 인재를 영입했다. 최고의 대우를 해주고 기술을 전수 받았다. 이제는 외자 기업에 주는 혜택도 없어졌다. 이제 전 세계 공장은 동남아, 인도로 옮겨가고 있다. 이제 중국은 다른 나라의 수주가 아닌 자체 기술로 생산하고 있다. 드론, VR, 빅데이터, 소프트웨어산업, 로봇 등등. 4차 산업 전 분야를 선도하고 있다. 짐 로저스가 예측한 것처럼 세계 경제 중심이 중국으로 옮겨지고 있다. 트럼프가 임기 내내 중국을 견제한 이유이다. 다른 나라였다면 이미 백기를 들었을 것이다. 중국은 막대한 자본력으로 무너지지 않을 것이다. 앞으로 더 부상할 것이고 세계 경제를 좌지우지할 것이다. 시대 흐름을 타는 바퀴에 올라야 한다. 남보다 멀리 갈 수 있다. 중국어를 배워야 하는 두 번째 이유이다.

셋째, 중국어는 한국인이 배우기 가장 쉬운 언어이다. 한·중·일은 한자 문화권이다. 한자 문화권이라는 건 엄청난 혜택이다. 한자를 잘 몰라도 생소하지는 않다. 비슷비슷한 한자들을 외우기란 쉬운 일이 아니다. 그러나 한글 대부분이 한자어이고, 중국어에 한글과 똑같은 단어가 많아 외우지 않아도 단어를 보면 바로 알 수 있다. 중국어는 방대한 한자에 부담이 있지만 처음 고비를 넘기면 굉장히 쉽다. 시제 변형도 없고 문법도 간단하다. 단어도 한국어와 같은 게 많아 이해가 빠르다. 서양권에서는 한자어 개념이 없어 외우는 게 느리다. 우리보다 10배는 더 어렵다. 개인에 따라 3개월에서

1년만 투자하면 누구나 기본 대화가 가능하다. 이미 우리는 50% 이상 기초를 지니고 있다. 굉장한 이점이다. 뭘 망설이는가? 가성비가 가장 좋은 언어이다. 중국어를 배워야 하는 세 번째 이유이다.

우연히 시작한 중국어였다. 지금 생각해보니 필연이었다. 처음 시작했을 때 지겹도록 들었다.

"왜? 중국어 배워서 뭐하게?"

요즘 중국어 전공자라 하면 첫 마디가 "우와 멋있어요."이다. 세상이 변했다. 이렇게 될 줄 예상하고 배운 건 아니었는데, 생애 가장 성공한 투자가 되었다. 당신의 십 년 후 모습을 상상해 본다.

"그때 그 책 보고 중국어 배우길 잘했어."

생각만 해도 흐뭇하다. 당신의 인생에서 중국어가 한 줄기 빛이 되길 소망한다.

누군가의 빛이 되길
이유진

1장

나만의 색깔이 필요한 시대

1

⊛

중국 거기 별로잖아

학창시절 하고 싶은 게 없었다. 특별한 재능도 없었다. 남들이 공부하니 공부했다. 학과는 수능성적에 맞춰 골랐다. 요리를 좋아하니 식품영양학과가 재미있어 보였다. 그러나 요리 수업은 딱 한 번이었다. 화학 수업만 들으니 학과 공부에 흥미가 없었다. 내가 무엇을 좋아하는지도 몰랐다. 그래서 그냥 친구를 따라 관련 자격증 따며 취업 준비 했다. 타인의 선택이 최선이라 믿었다. 그렇게 특징 없이 대학 3년 반을 보냈다. 졸업을 한 학기 남기고 처음으로 남들과 다른 선택지를 집어들었다.

"우리 다음 학기 미국 가."
"난 캐나다."

4학년 1학기. 친구들이 갑작스레 통보했다. 6명이 친했는데 3명이 영어권 어학연수를 간다 했다. 당시 어학연수에 관심도 없었고 필요성도 못 느꼈다. 빨리 졸업해서 돈이나 벌고 싶었다. 다들 외국에 가니 불안했다. 갑자기 가니 배신감도 들었다.

'발전을 위해 어딘가로 떠나야 하나?'

영어권은 비용이 1년에 5~6천만 원이었다. 영어가 필수인 학과도 아닌데 부모님께 부담을 드리는 게 죄송했다. 아무것도 안 하자니 경쟁력 없는 인간 같았다. 며칠을 고민했지만, 결론은 없었다. 그때 상해에 있는 언니에게 전화가 왔다.

"야, 뭐해? 난 망고스틴 먹지롱."
"망고면 망고지, 스틴은 뭐야?"
"어휴, 무식한 것아! 열대과일도 모르냐?"

언니의 상해 자랑이 시작됐다. 당시 언니는 형부와 중국 상해에 살고 있었다. 형부는 중의대에 재학 중이었다. 언니는 간지 일 년이었는데 적응해서 잘 지내고 있었다. 통화할 때마다 상해를 극찬했다. 친구들의 어학연수로 울적했는데, 열대과일 이야기를 들으니 상해가 궁금해졌다.

"나, 상해 어학연수 갈까?"

언니는 기다렸다는 듯 당장 오라고 했다. 열대과일이 훌륭한 미끼가 되어 한순간 어학연수가 결정됐다. 경쟁력 없는 인간을 벗어난 기분이었다. 기쁨에 취했다. 우울했던 마음이 한순간 사라졌다. 친구를 만나 우쭐대며 말했다. 반응이 예상 밖이었다.

"웬 중국? 중국어 배워서 뭐하게?"
"거기 별로지 않아?'

친구들은 얼굴을 찡그렸다. 부정적인 반응에 당혹스러웠다. 그 당시 중국 유학이 지금처럼 익숙하지 않았다. 영어권 어학연수가 부의 상징이었다. 어학전공이라 필수적으로 가야 하는 사람이 대부분이었다. 여

유가 되면 놀러 삼아 떠나기도 했다.

중국은 전공자나 갈까? 매력적인 나라는 아니었다. 친구들의 반응도 이해가 됐다. 나조차 중국이 생소했다. 이웃 나라라 익숙하지만 따져보면 아는 게 없었다. 언니가 없었다면 중국행은 상상도 안 했을 것이다. 하지만 유학비용이 일 년에 천만 원 정도라 영어권보다 부담이 적었다. 중국어 전공자가 아니니 공부에 대한 부담감도 없었다. 확실히 장점이 있었다.

모든 준비과정을 마치고 출국까지 3개월이 남았다. 중국어 학원에 등록했다. 기초 회화 반이었다. 수업 과정은 간단했다. 선생님이 단어 설명을 하고 본문을 읽으면 몇 번 따라 한다. 옆 사람과 번갈아 본문을 읽는다. 매일 한 시간 수업을 듣고 따로 공부하지 않았다. 매일 수업을 들으니 실력이 늘고 있다 생각했다. 출국이 가까워져 올 때 언니와 통화를 했다.

“중국어는 잘 돼 가?”
“응. 회화책 세 권 끝냈어. 기본 대화는 문제없을걸.”
“잘됐다. 너 오면 같이 다닐 수 있겠다.”

언니는 중국어를 못했다. 대부분 형부랑 같이 외출했고 혼자 집 앞 슈퍼 정도 가는 수준이었다. 그래서 언니는 답답한 순간이 많다고 했다. 그러던 중 내가 중국어를 배워서 온다고 하니 언니에겐 반가운 일이었

다. 난 언니와 같이 여기저기 놀러 가자고 계획을 짰다. 유창한 중국어
로 상해를 휘젓고 다니는 모습을 상상했다. 흐뭇했다.

"훗! 중국어 어렵다더니, 별거 아니네."

근거 없는 자신감이 차올랐다. 그러나 속이 빈 풍선은 한순간에 터지
기 마련이다. 상해를 종횡무진하려던 원대한 꿈은 중국에 도착하자마자
무참히 깨졌다.

2

❋

실전과 이론은 **하늘과 땅 차이**

"세상 경험이 부족한 이들이 가장 쉽게 저지르는 실수 중 하나는
하나를 아는데도 셋을 안다고 착각하는 것이다."

— 퐁텐느

하나를 아는데 셋은 안다고 착각하는 사람은 양반이 아닐까? 아무것
도 모르는데 셋을 안다고 착각하는 사람도 있으니 말이다. 그런 사람이
나였다. 기본회화는 된다고 생각했는데 완벽한 착각이었다.

상해 공항에 도착해 픽업 오신 선생님을 만났다. 다른 친구가 나오지
않아 대기하라고 했다. 외국에 처음 간 거라 들 떠 있었다. 얼른 중국어
를 사용하고 싶었다. 혼자 편의점에 가서 물과 과자를 들고 계산대에
섰다. 직원이 알 수 없는 말을 했다. 어눌하게 되물었다.

"뭐~라~구~요?"

"OOO OOOO OOOOO OOOOOOOO."

직원이 재차 똑같이 말했다. 알아들을 수 없었다.

'도대체 무슨 말을 하는 거지?'

혼란에 빠져 초조하게 서 있었다. 뒤에 선 중국인이 한심한 눈빛을 보냈고, 점원 표정이 굳어져 갔다.

"영수증 필요하니?"
"2+1행사 중인데 하나 더 살래?"

아마 그런 말이 아니었을까. 직원이 처음 했던 말은 포기하고 가격을 말했다.

"10원한화 1700원이에요."

당황하다 보니 그 말도 못 알아듣고 눈만 껌뻑이고 서 있었다. 직원이 한숨을 쉬며 고개를 흔들었다. 계산기에 숫자 10을 찍어 보여줬다. 그제야 황급히 계산하고 나왔다. 부끄러움에 얼굴이 달아올랐다. 귀가 후끈거렸다. 물건 살 때 사용하는 말을 알고 있다고 생각했는데 전혀 떠오르지 않았다. 편의점에서 망신을 당하고 민망함에 자기 합리화를 시작했다.

'점원이 내가 모르는 말을 하니까 못 알아듣지! "어느 나라
사람이니?" 물었으면 대답할 수 있는데.'

애써 위로하며 달아오른 얼굴을 식히고 있었다. 기다리던 애들이 한
국어로 수다를 떨자 옆에 서 있던 중국 아저씨가 나에게 뭐라고 물었다.
무슨 말인지 몰랐다. 다른 한국인에게 구원의 눈짓을 했다.

"우리 한국 사람이에요."

그 한국인이 대답했다. 순간 '뭔가 잘못됐다'라는 걸 깨달았다. 학원
수업에 참석만 했을 뿐 중국어를 할 수 있는 게 아니었다. 엄청난 착각
에 빠져 자신만만하게 간 것이다. 중국 아저씨가 착각의 늪에서 단번에
꺼내 주었다. 실전과 이론은 하늘과 땅 차이였다.

학원 선생님은 발음이 정확하고 천천히 했다. 그러나 우리나라도 사
람마다 어투가 다르듯이 중국도 마찬가지다. 각자의 억양이나 어투가
천차만별이었다. 어려운 발음과 성조에 개인의 말투까지 섞이니 알아들
을 수 없었다. 속도도 엄청나게 빨라 랩을 듣는 듯했다.

또 하나의 문제는 '사투리'였다. 우리나라도 '사투리'가 있다. 그렇다
고 전라도 사람과 경상도 사람이 만났을 때 대화가 안 통하는 건 아니

다. 출신 지역이 드러날 뿐 소통에는 문제가 없다. 중국은 우리나라 '사투리' 수준이 아니다.

중국의 사투리는 다른 외국어 수준이라 표준어를 사용하지 않으면, 서로 말이 통하지 않는다. 다민족 국가라 각 민족마다 고유의 언어가 있어 표준어를 사용해야 의사소통이 가능하다. 서쪽 사람과 동쪽 사람이 만난다면 표준어를 써야 소통할 수 있다. 한국인과 일본인이 만났을

때 영어로 소통하는 것과 같다.

　표준어로 말해도 못 알아듣는 상황에 사투리 억양까지 더해지니 엎친 데 덮친 격이었다. 실전은 야생이었다. 마치 전날 사자 사진만 몇 개 보다가 다음날 아프리카 초원에서 사자와 교감해야 하는 기분이었다. 이론은 실전에 비하면 작은 모래알에 불과했다.

퐁텐느의 말처럼 세상 경험이 많았다면 그렇게 쉽게 착각하지도 않았을 것이다. 실전에 대비한 철저한 훈련을 했을 것이다. 하지만 그땐 아무것도 모르는 22살의 철부지였다. 호된 현실이 기다리고 있다는 걸 전혀 예상하지 못했다. 그때 경험은 큰 교훈이 되었다. 준비 없는 행동이 얼마나 큰 고생을 가져다주는지 배웠기 때문이다.

훗날 35살에 대만으로 박사과정을 가게 됐다. 대만은 한 번도 가 본 적 없었다.

'중국이나 대만이나 같은 중화권인데 별 차이 있겠어?'

안일하게 생각했다. 순간 22살의 그때가 떠올랐다. 실전을 만만하게 보다간 큰코다친다는 생각이 스쳤다. 아차 하는 생각에 꼼꼼하게 준비했다. 실제로 대만은 중국과 아주 달랐다. 준비를 안 했다면 망신당할 순간이 여러 번 있었다. 경험 덕분에 무난하게 유학 생활을 할 수 있었다.

'실전 경험만큼 세상을 살아가는데 확실한 지침서는 없다'

늘 가슴 깊이 새기고 있는 말이다.

3

㊗

무조건 내 편인 친구

"복 중에 화가 있고 화 중에 복이 있다."

아버지가 늘 하시던 말씀이다. 좋은 일에 나쁜 일도 같이 오고, 나쁜 일에도 좋은 일이 있다는 뜻이다. 일이 잘 풀릴 때 겸손하고 최악을 대비해야 한다. 앞이 어두워 안 보일 땐 곧 새벽이 온다는 것을 알아야 한다. 어릴 땐, 아버지 말씀이 이해되지 않았다.

'좋은 일은 좋고 나쁜 일은 나쁜 거지, 무슨 말이야?'

나이가 드니 공감된다. 중국에 도착한 그 날이 그랬다. 일진이 나쁜 날이었다. 하지만 복도 따라왔다.

상해 화동 사범대 어학당에 등록하였다. 공항에서 학교로 가는 차 안에서 중국어 수준을 진단해보았다. 확실하게 할 수 있는 말은 다섯 마디 정도였다. 불안했다. 언니 집에 같이 살면 안심일 텐데 그럴 수 없었다. 방 하나 거실 하나라 지낼만한 공간이 없었다. 2인 1실의 학교 외국인 기숙사에서 지내야 했다.

'중국어도 안 되는데 룸메이트가 외국인이면 어떡하지?'

걱정을 안고 기숙사에 도착했다. 떨리는 마음으로 방문을 열었다. 룸메이트는 7살 많은 언니, 일본인 요꼬였다. 방에 들어가니 환하게 웃으며 환영해 주었다. 스튜어디스 출신이라 말투가 나긋나긋했다. 중국어가 이미 상당한 수준이었고, 영어도 유창했다. 요꼬는 중국어로 말을 걸었는데, 내가 전혀 알아듣지 못하니 영어로 다시 말을 걸었다. 알아는 들었지만 말이 입 밖으로 나오지 않았다. 수능 영어를 끝으로 담을 쌓았기에 머릿속이 백지가 되었다. 사전을 펼치며 수차례 단어를 주고받았다.

> 나 : #한국인 #대구 출신 #22살 #중국 처음 #친언니 상해 거주 #영어, 중국어 못함 #1년 체류 예정
> 요꼬 : #일본인 #오사카 출신 #29살 #중국 6개월 차 #영어 유창, 중국어 유창 #6개월 체류 예정

신상을 주고받으니 온몸이 땀으로 축축했다. 생글생글 웃으며 반겨주

던 요꼬도 피곤했는지 어색한 미소를 끝으로 말을 걸지 않았다. 자괴감이 들었다. 짐을 정리하는 중간중간 깊은 한숨이 나왔다.

'한국에서 중국어 열심히 공부할걸.'

후회가 들었지만, 기회는 지나가 버렸다. 그때 노크 소리가 들렸다. 문을 여니 언니와 형부가 서 있었다. 살면서 언니가 그렇게 반가웠던 적이 없었다.

학창시절엔 언니와 많이 싸웠었다. 아니 당했었다. 옷, 먹을 거, 화장

상하이의 박물관

실 사용, TV 채널, 컴퓨터 사용 등등을 이유로 수백 번 대립했다. 육탄
전을 해봤자 다섯 살 많은 언니와의 체급 차이에 상대가 되지 않았다.
그러니 늘 분한 마음을 삭이며 양보해야 했다. 더 짜증났던 건 엄마는
항상 언니 편이었다는 것이다. 언니는 공부도 잘하고 얼굴도 이뻐서 모
든 것이 모범생인 언니 위주로 돌아갔다. 언니는 약대에 들어갔었는데,
이쁜 약대생 언니는 친구들에게 선망의 대상이었다.

"언니는 진짜 완벽하다. 너는 왜 그래?"

친구들이 언니를 칭찬하면 내심 뿌듯했지만, 내가 초라하게 느껴졌
다. 늘 비교를 당하니 스트레스였다. 나이 차가 있다 보니 같이 논 적도
없었다. 내 기준에서 언니는 항상 괴롭히고 명령하는 존재였다. 어릴 때
밖에서 맞고 오면 고소하다며 깔깔 웃었다. 맛있는 것도 독차지했다. 엄
마에게 혼날 때면 옆에서 약을 올렸다. 따뜻하게 대해 주지 않으니 학창
시절 언니에게 감정이 좋지 않았다. 나로서는 밉고, 부럽고, 도저히 넘
어설 수 없는 존재였다. 20살이 넘어서도 언니가 마냥 편하지는 않았다.

그런데 그날 언니 얼굴을 보니 사막에 오아시스를 만난 기분이었다.
언니는 얼굴이 시뻘겋게 달아올라 있었다. 숨도 거칠게 쉬고 있었다. 언
니와 형부는 학교에서 내가 오길 기다리고 있었다. 올 시간이 지났는데
내가 보이지 않아 찾아 헤맸다고 했다. 40도 가까이 되는 불볕더위에
학교 전체를 돌아다녔다고 했다. 언니는 내가 무사히 도착한 걸 보고
안도의 숨을 내쉬었다. 만삭의 몸에 헉헉대고 있는 언니를 보니 코끝이

찡해졌다.

　‘언니가 나를 이렇게 걱정하는 사람이었나?’

　처음 느껴본 언니의 사랑에 그동안 불편했던 마음이 한순간 녹아내렸다. 우물에 빠져 있는데 짠하고 나타나 꺼내 준 기분이었다. 더운 날 돌아다녀 짜증이 날 법도 한데 나를 먼저 다독여 주었다.

　“오느라 힘들었지? 고기 먹으러 가자.”

　처음 보는 따뜻한 모습에 우울
했던 마음이 밝아졌다.

　‘내가 그동안 언니의 진심
　을 몰랐구나, 역시 가족이
　최고야.’

　그날 그 모습을 보지 않았다면
아직도 언니 마음을 모른 채 살
고 있을 수도 있다. 공항에 언니
가 왔었다면 편의점에서 망신당
하지 않았을 것이다. 요꼬와 소
통도 형부가 통역했을 것이다.

동방명주 전망대에서 본 푸동

그랬다면 고생은 안 했겠지만, 언니의 마음은 몰랐을 것이다. 혼자 막막함을 느꼈기에 언니의 등장은 구세주였다. 언니도 땡볕에 고생했지만, 동생의 소중함을 느꼈을 것이다. 그날이 전환점이 되었다. 그 뒤부터는 언니와 모든 것을 공유했다. 어떤 친구보다도 마음이 잘 맞았다. 척하면 척 알아들었다. 친구에게 말 못 하는 고민도 다 말할 수 있는, 무조건 내 편인 언니를 보며 역시 핏줄은 핏줄이라고 느꼈다.

고민은 때론 누군가에게 다 터놓는 것만으로도 큰 위안을 얻을 수 있다. 하지만 그런 사람을 만나기란 쉽지 않고, 그런 친구가 한 명이라도 있다면 인생의 큰 행운이라고 할 수 있다. 그날은 모든 것이 엉망이었지만 그 덕에 언니의 진심을 알게 된 좋은 날이었다.

4

✦

어학연수를 가면 누구나 중국어를 잘할까?

중국어를 배우는 가장 빠른 방법은 중국에 가는 것이다. 중국에 가기만 하면 무조건 마스터 할 수 있을까? 아니다. 처음에는 나도 그런 줄 알았다. 중국에서 정해진 수업만 받으면 일 년 후 실력자가 될 줄 알았다. 그러나 아니었다. 『맹자』에 언어와 환경에 대한 구절이 있다. 맹자가 송나라 대신 대불승과 나눈 대화 일부분이다.

> 맹자 曰: "어떤 초나라 대부가 있습니다. 아들이 제나라 말 배우기를 바란다면, 제나라 사람이 가르치도록 하겠소? 초나라 사람이 가르치도록 하겠소?"
>
> 대불승 曰 : "제나라 사람이 가르치도록 하겠소."

맹자 曰: "제나라 사람이 가르치는데 주변 모든 사람이 초나라 말을 하면, 종아리를 때려도 제나라 말을 할 수 없습니다. 그 아들을 제나라 거리에 수년을 두면, 종아리 때리며 초나라 말을 시켜도 할 수 없습니다."

—『맹자』 등문공 편

　맹자는 외국어를 배우려면 그 나라에 가는 것이 가장 효과적이라고 생각했다. 나 또한 그렇게 생각한다. 핵심은 주변 환경이다. 중국에 가면 모두가 중국인들이니 자연스럽게 중국어를 배울 수 있다. 그런데 중국에서 매일 한국인과 어울린다면 어떻게 될까? 한국에서 중국어 학원 다니는 것과 별반 차이가 없다.

　어학당에서 수준 테스트를 거쳐 반이 결정되었다. 초급 2반이었다. 같은 반에 한국인 다섯 명, 일본인 두 명. 프랑스인 두 명, 미국인 한 명 총 10명이었다. 다들 중국어를 못 했다. 영호라는 25살 남자가 있었다. 중국어를 나보다 20문장 정도 더 할 수 있었다. 영호가 나처럼 이번에 중국에 온 줄 알았다. 놀랍게도 온 지 1년이라고 했다. 1년이라고? 의아했다. 1년을 있었는데 나와 같은 반이라면 수업이 효과가 없나? 학생이 문제인가? 혼란스러웠다. 그날부터 한국 유학생 일과를 관찰하기 시작했다.

　20살에서 26살 사이가 대부분이었다. 끼리끼리 뭉쳐 다녔다. 크게 두 부류가 있었다. 첫 번째 부류는 한식 파였다. 중국 음식을 싫어했다. 수업이 끝나면 기숙사에서 밥을 해 먹었다, 이틀에 한 번 한국식당에 갔다. 종일 놀다가 저녁에 기숙사로 돌아왔다. 한국 유학생의 70%가 이 부류에 속했다.

두 번째 부류는 알코올 파였다. 수업 끝나면 간단한 음식으로 점심을 때웠다. 낮잠을 자고 저녁에 나가서 술 마시고 새벽에 들어왔다. 같은 반 영호는 알코올 파였다. 그런 생활이 일상이다 보니 대부분이 체류한 기간에 비해 중국어를 잘하지 못했다. 영호는 전날 술을 아무리 마셔도 수업은 빠짐없이 나왔다. 수업만 들어서는 실력 올리는 게 힘들다는 판단이 들었다.

어학당 바로 앞에 카페가 있었다. 커피, 샌드위치, 햄버거, 간단한 스낵류를 팔았다. 학교 지리를 모르니 처음 며칠은 그 카페에서 점심을 먹었다. 외국인이 주 고객이라 가격이 비쌌다. 샌드위치가 한화 8000원 정도였다. 그 돈이면 밖에서 입맛대로 사 먹을 수 있었다. 금방 와서 사정을 모르는 외국인과 나가는 게 귀찮은 몇 명이 다녔다. 카페 안이 한산하니 앉아있는 사람들이 한눈에 들어왔다.

한 여자가 보였다. 이틀 전 수준 테스트할 때 앞에 있던 한국인이었다. 30살 정도로 보였는데 중국어를 잘해서 최고급 반에 배정되었다. 보통 수업이 끝나면 다들 친구를 기다렸다. 입구에서 삼삼오오 모이면 어디론가 사라졌다. 그 여자는 이틀 동안 혼자 점심 먹으며 신문을 봤다.

'친구가 없나?'
'나처럼 외로운 처지인가?'
'중국어 어떻게 공부했을까?'

그 사람이 궁금했다. 다가가 말을 걸었다.

"저기 한국인이죠?
"네."

여자가 힐끗 보며 대답하고는 이내 고개를 숙여 신문을 봤다. 무안했
다. 다시 말을 걸었다.

"중국어 잘하시던데 언제 오셨어요?"
"좀 됐어요. 음 저기…미안한데 신문 봐야 해서요."

완벽한 거절이었다.

'어떻게 저렇게 무례할 수가 있지? 사회성이 없네. 친구 없는
데는 이유가 있다니까!'

소싸움에 진 황소처럼 거친 콧김이 나왔다. 누가 이 상황을 보지는
않았을까? 두리번거리며 자리로 돌아왔다. 5분쯤 지났을까, 어떤 중국
여자가 들어왔다. 찬바람을 풍기던 여자가 활짝 웃으며 중국 여자를 맞

이했다. 둘이 신나게 중국어로 수다를 떨었다. 깔깔대는 소리가 온 카페에 가득 찼다.

'나 참, 사람 차별하는 거야 뭐야? 커피가 쓰네.'

커피와 샌드위치를 남긴 채 카페를 나왔다. 기숙사에 돌아와 곰곰이 생각하니 그 여자는 사회성 없는 사람이 아니었다. 알려주지 않았지만 대충 공부 비법을 눈치 챌 수 있었다. 여러 한국 유학생을 관찰한 결과 두 가지를 깨달았다.

상하이의 서커스

1. 학교 수업만 들어서는 원하는 실력에 도달할 수 없다.
2. 한국 사람들과 어울리면 중국어는 멀어진다.

5

✤

말이 안 되면 성인도 아이와 같다

10살 때 길을 잃은 적이 있다. 중학생 언니와 버스를 타고 시내에 갔었다. 엄마와 셋이서 나간 적은 많았지만 둘이 간 건 처음이었다. 햄버거를 먹고 언니가 집에 가자고 했다. 조용한 동네와 달리 북적이는 거리가 재미있었다. 엄마랑 자주 갔었기에 집에 가는 버스와 정류장을 알고 있었다. 언니보고 먼저 가라고 하고, 혼자 남아 시내를 돌아다녔다. 한참을 돌아다니니 집에 가고 싶었다. 그런데 주변을 보니 전혀 모르는 길이었다. 방향을 알고 있다고 생각했다. 그러나 맞다고 생각한 방향으로 가도 모르는 길이었다. 한참을 헤매다 보니 날이 어둑해졌다. 눈물이 났다. 주머니에 동전 몇 개가 있었다. 공중전화로 집에 전화했다. 언니가 받았고 주변 사람에게 물어 위치를 말했다. 한 시간 뒤 언니가 찾아와서 집에 갈 수 있었다. 길은 어릴 때만 잃는 게 아니다. 성인도 예외는 아니었다.

학교 수업을 마치고 방에 들어오니 전화가 왔다. 언니가 김치찌개와 두루치기를 해놨다고 데리러 온다고 했다. 언니 집은 첫날에 같이 지하철을 타고 갔었고, 승하차 역을 외웠었다. 혼자서 갈 수 있을 것 같았다. 언니에게 혼자 가겠다고 했다. 지갑을 보니 중국 돈은 없고 달러만 있었다. 중국 돈을 바꾸려면 환전소에 가야 했는데, 들렀다 가면 시간이 지체될 것 같았다. 돈이 없으니 지갑은 두고 교통카드만 챙겼다. 지하철을 타고 언니 집 근처 역에 내렸다. 역 앞 풍경이 저번에 봤던 곳이었다. 직진해서 삼거리에서 좌회전하면 언니 집이었다. 한참 걸었는데 사거리만 계속 나왔다. 도로도 기억보다 아주 넓고 복잡했다. 착각했나 싶어 사거리에서 좌회전했다. 5분 정도 걷다 주변을 보니 처음 보는 곳이었다. 되돌아가려 해도 길이 복잡해 방향이 헷갈렸다. 길을 잃은 것이었다. 10살 때 느꼈던 공포가 엄습했다. 그땐 말이 통하니 위치를 물어볼 수 있었지만, 지금은 아니었다. 상황이 더 나빴다.

머피의 법칙처럼 모든 상황이 꼬여있었다. 중국에 간 지 며칠 안 됐을 때라 휴대전화가 없었다. 교통카드만 챙겼기에 공중전화를 사용하려 해도 돈이 없었다. 교통카드 잔액이 없어 학교로 돌아갈 수도 없었다. 진퇴양난이었다. 식은땀이 흘렀다. 일이 꼬이려면 마치 약속이나 한 듯이 모든 게 엉킨다. 머릿속이 백지가 됐다. 분명 직진으로 갔는데 왜 다른 길인지 아무리 생각해도 의문이었다. 누군가에게 도움을 청해야 했다.

'길을 잃었어요'가 중국어로 뭐지? 아무리 생각해도 떠오르지 않았다. 머리털이 곤두섰다. 생존 본능이 발동되었다. 머릿속 봉인된 고등학교 영어를 짜내기 시작했다.

"Excuse me, I lost my way, help me."

한 아주머니가 걸어왔다. 말을 건넸다. 영어로 물으니 당황한 것 같았다. 양손을 휘저으며 빠른 걸음으로 사라졌다. 어떤 아저씨에게 재차 물었지만 마찬가지였다. 절망이었다. 학교의 중국인들은 영어를 잘했었다. 영어가 마지막 희망인데 안 통하니 눈앞이 깜깜했다. 이런 상황이 되면 10살 아이나 22살 성인이나 똑같이 눈물이 난다. 눈앞이 자꾸 흐려졌다.

당시 소매치기가 많았다. 외국인인 걸 눈치채면 두 세 명이 집요하게 따라붙기도 했다. 소매치기를 피해 가방은 꼭 앞으로 매고 다녔다. 불안해서 늘 두리번거리며 걸었다. 허름한 노숙자도 곳곳에 있었다. 그들 간에 싸움이 벌어지기도 했는데 흉기를 들고 무섭게 싸웠다. 눈이라도 마주치면 이유 없이 시비를 걸기도 했다. 그래서 외출할 때마다 이상한 사람이 있으면 피해서 다녔다. 그 곳에도 노숙자들이 곳곳에 앉아있었다. 길 중간에서 두리번거리자 몇 명이 번뜩이는 눈으로 나를 응시했다. 한적한 길이라 행인도 보이지 않았다. 울면 난처한 상황임을 눈치챌 것 같았다. 생존 본능이 발동되었다. 눈물을 참고 아무 일도 없는 척 연기를 했다. 콧노래를 흥얼거리며 침착하게 기다렸다. 영어를 알 것 같은 사람을 찾아야 했다. 잠시 후 깔끔한 옷차림의 20대 남자가 걸어왔다. 느낌이 좋았다. 다행히 그 남자는 영어를 알아들었다. 이해는 했는데 대답은 못 하는 상황이었다. 도움을 주고 싶은데 본인도 영어가 안되니 답답한 눈치였다.

"Can I use your phone?"

그 남자가 잠시 주춤하더니 알아듣고는 황급히 휴대전화를 꺼냈다. 형부에게 전화를 걸었다. 여기가 어디인지 모르니 위치를 설명할 수 없었다. 그 남자가 형부와 통화를 하더니 휴대전화를 건네주었다.

　"처제 왜 그쪽으로 갔어? 거긴 완전 다른 쪽인데, 그분이 집
　방향으로 데려다준다고 하니까 중간에서 만나."

안심되었다. 그 남자는 손짓으로 따라오라고 했다. 계속 초조하게 시계를 확인하는 거 보니 약속이 있는 듯했다. 말이 안 통하니 그 사람 상황을 물어볼 수 없었다.

　'왜 길을 잃어서 이 사람에게 피해를 끼치나?'

한숨이 나왔다. 바쁜 일이 있을 텐데 미안했다. 영어가 안되니 서로 'Sorry'와 'No'만 주고받으며 10분을 걸었다. 멀리서 언니와 형부 모습이 보였다. 안도감에 울음이 터졌다. 언니와 형부는 그 남자에게 몇 번이나 감사하다고 했다. 눈물 콧물 범벅된 얼굴을 닦으며 형부에게 통역을 부탁했다.

"일 있는데 늦은 거 아니에요?"

그는 고개를 저으며 아니라고 했다. 인사를 마치자 걸어왔던 쪽으로 빠르게 뛰어갔다. 분명히 어딘가 늦은 모양이었다. 집도 못 찾아오고, 애꿎은 사람에게 피해만 끼쳤다. 민폐였다. 왜 길을 잃었는지 영문을 몰랐다. 밥을 먹고 언니가 지하철역까지 데려다주었다. 길을 다시 확인했다. 역은 사거리에 있었다. 역 앞에 작은 공원이 있어 나무가 많았다. 역에서 나오면 나무들이 무성해서 전체 사거리가 한눈에 들어오지 않았다. 언니 집은 역 앞에서 3시 방향으로 직진을 해야 했다. 나무들이 많아 길이 안 보이니 12시 방향으로 직진한 거였다.

성인도 말이 통하지 않으니 3살 아이와 같았다. 원래 계획은 언니와 상해를 종횡무진 누비며 즐겁게 보내려고 했었으나, 막상 중국에 오니 그런 일은 불가능했다. 기숙사에 돌아와 침대에 누웠다. 길을 잃은 일이 떠올랐다.

'만약 잘못돼서 나쁜 일이라도 당했으면 어떻게 됐을까?'

다시 생각해도 아찔했다. 앞으로의 중국 생활이 막막해졌다. 눈앞에 닥친 언어의 벽에 가슴에 돌덩이가 앉은 듯했다.

'말이 안 되면 아무것도 할 수 없겠구나, 이제 어떡하지?'

6

⊛

도저히 이렇게는 못 살겠어

"민폐民弊" 민간에 끼치는 폐해라는 뜻이다. 사람들에게 피해를 주는 행동을 말한다.

타고난 성격이 민폐 끼치는 걸 싫어한다. 그래서 부탁을 못 한다. 부탁과 민폐는 다르다. 하지만 그 경계를 잘 모르겠다. 나로서는 부탁이지만 상대방은 아닐 수 있다. 부탁이 상대에게 민폐로 느껴질까 봐 웬만하면 아쉬운 소리를 하지 않는다.

이런 성격은 장단점이 있다. 장점은 독립적이다. 혼자 해결하려고 노력한다. 도저히 해보고 안되면 다른 사람에게 도움을 요청한다. 그러다 보니 새로운 일을 하는데 두려움이나 주저함이 없다. 일단 부딪히고 도전한다. 단점은 어떤 일을 해결하는 데 힘이 많이 든다. 때로는 부탁하고 의지하면 살아가는 데 편할 것이다. 하지만 그 말이 죽어도 나오지 않는다. 조금 더 힘들고 말지 부탁은 참 어렵다. 중국 생활 초기에 이런 성격 때문에 고생했다.

중국에서 며칠 지내다 보니 필요한 물건이 생겨났다. 생활용품은 근처에 파는 곳이 없었다. 요꼬가 이케아를 알려 줬다. 혼자 가기 힘들면 같이 가자고 했다. 속으로 요꼬가 같이 가면 좋겠다 싶었다. 창밖을 보니 날씨가 40도에 육박했다. 상해는 습해서 불쾌지수가 높았다. 밖에서 1분만 걸어도 옷이 땀에 젖어 다리에 축축 감겼다. 더운 날씨에 요꼬가 얼마나 힘들까 싶었다. 민폐였다. 혼자 간다고 하니 가는 방법을 자세하게 알려주었다. 지하철로 갈 수 있는 데 어려운 위치가 아니었다. 저번처럼 길을 잃으면 안 되니 이케아 주소, 학교 주소, 필수회화를 수첩에 빼곡히 적었다. 지갑도 챙겼고 교통카드도 넉넉하게 충전되어 있었다. 모든 준비가 끝나고 출발했다.

이케아에서 계획보다 물건을 많이 샀다. 무거워 지하철을 타기가 힘들었다. 학교 주소가 있으니 택시를 탔다. 기사에게 학교 주소를 보여주었다. 오케이를 외치며 경쾌하게 출발했다. 기사는 푸근한 인상이었다. 미소를 띠며 나에게 말을 건넸다.

"어느 나라 사람이에요?"
"한국인이요."

기사가 몇 마디를 더 물었는데 알아들을 수 없었다. 대답을 못 하니 더는 말 걸지 않았다. 한참을 갔을까? 미터기를 보니 100원_{한화 17000원}이었다. 요꼬가 택시 타면 70원_{한화 12000원}이라 했던 게 생각났다. 도착할 때가 지났는데 불안했다. 수첩에 적힌 문장을 보며 물었다.

　　"언제 도착해요?"
　　"금방이요."

곧 도착하나보다 안심을 했는데 그러고 10분을 더 갔다. 요금이 130원_{한화 22000원}이 됐다.

　　"언제 도착해요?"
　　"금방이요."

아저씨가 백미러로 힐끗 보더니 피식 웃었다. 놀리는 기분이 들었다. 항의하고 싶었지만 불가능했다. 소통은 안 되고 미칠 지경이었다. 기사에게 화를 내면 이길 수도 없었다. 일단 기숙사에 무사히 도착하는 게 최우선이었다. 수첩을 넘겨 보니 '화장실 가고 싶다'라는 문장이 눈에 들어왔다.

　　"언제 도착해요? 으윽, 화장실이 급해요."
　　"어어 알았어."

얼굴을 찡그리며 몸을 비틀었다. 기사가 당황하며 급하게 운전했다. 1분 뒤 학교에 도착했다. 금방 도착한 걸 보니 학교 근처를 뱅뱅 돈 모양이었다. 요금은 140원한화 24000원이었다. 어떤 상황인지 파악됐지만 아무 말도 할 수 없었다. 화가 나서 온몸이 부들부들 떨렸다. 말을 못 하니 억울한 일을 당해도 어쩔 수 없었다.

방에 들어가니 요꼬는 없었다. 짐을 정리하고 있는데 '쾅쾅쾅' 거친 노크 소리가 났다. 문을 여니 기숙사 청소부가 시퍼런 얼굴로 서 있었다. 방은 우리가 청소했고, 복도와 화장실, 샤워장은 청소부가 했다. 청소부가 복도를 가르치며 뭐라고 거칠게 쏘아댔다. 바닥에 쓰레기가 있었다. 누군가 문 앞에 버린 것인지, 바람에 날려왔는지 모를 일이었다. 왜 버렸냐고 따지는 눈치였다. 아니라고 하고 싶은데 무슨 말을 해야 할지 몰랐다. 당황하니 머릿속이 백지가 되었다. 하필 요꼬도 없어 억울함을 표현할 수 없었다. 어버버하며 손만 좌우로 흔들었다. 믿지 않는

상해의 택시들

눈치였다. 몇 마디를 더 쏘더니 쓰레기를 방안으로 던져 넣고 가버렸다. 황당했다. 쓰레기를 얼굴에 맞은 기분이었다. 기본 규칙도 모르는 인간으로 낙인찍혔다. 말을 못 하니 몰상식한 사람으로 몰려도 벗어날 방법이 없었다.

말 못 하는 사람이 겪는 세상은 억울함투성이겠구나 싶었다. 본의 아니게 민폐를 끼치는 일도 부지기수였다. 길을 잃었던 일이 떠올랐다. 그날도 의지와 상관없이 한 남자에게 피해를 끼쳤다. 청소부로서는 휴지를 마구 버리는 몰상식한 인간일 뿐이었다. 택시 사건도 떠올랐다. 말을 못 하니 기사에겐 만만한 호구였다. 요꼬랑 같이 갔으면 바가지는 안 당했겠지만, 분명히 민폐였다. 말만 잘했으면 겪지 않을 상황이었다. 혼자서 충분히 해결 가능한 사소한 일이었다. 자책하고만 있는 건 문제해결에 도움 되지 않았다.

"도저히 이렇게는 못 살겠어."

의자를 박차고 일어났다. 이를 깨물었다. 사람답게 살고 싶으면 상황을 적극적으로 개척해야 했다. 구체적인 목표를 세웠다.

1. 길 물어서 찾아가기
2. 택시에서 길 정해주기, 돌아가면 적극적으로 항의하기
3. 청소부에게 내가 버린 쓰레기 아니라고 말하기

이 3가지 목표는 반드시 이루리라 다짐했다. 길, 택시, 청소 관련 단어를 외우기 시작했다. 당장 필요했던 표현들이라 빨리 외워졌다.

가볍게 놀러 간 중국이었는데 말이 안 되니 삶의 질이 형편없었다. 두 번 다시 그런 상황을 겪기 싫었다. 중국어가 간절해졌다. 미치도록 배우고 싶었다. 억울함과 답답함이 원동력이 되어 중국어 공부를 시작하게 만들었다.

7

요꼬는 천사

살면서 천사를 본 적 있는가? 중국에 있을 때 천사를 만났었다. 특별한 사람이 천사가 아니다. 포기하고 싶을 때 손을 꼭 잡아주는 사람이 바로 자신만의 천사다.

택시 사건 이후로 종일 중국어를 잡고 있었다. 수업 마치면 기숙사에 돌아와 미친 듯이 외웠다. 모든 공부가 그렇듯 기본이 있어야 방향을 잡을 수 있다. 그래야 부족한 것도 파악해 집중적으로 보충할 수 있다. 백지상태이니 어떻게 해야 하는지 몰랐다. 한자가 많으니 외워도 다음 날 잊어버렸다. 어제 배운 것도 잊어버렸는데 다음날 새로운 한자가 등장했다. 배운 것도 소화 못 하고 있는데 새로운 걸 계속 집어넣어야 했다. 요령도 없이 해야겠다는 열정만 들끓었다. 생각처럼 실력이 늘지 않았다. 조급해졌다. 며칠을 그러다 보니 머릿속이 뒤죽박죽되었다.

이렇게 무턱대고 외우기만 하면 되는지 확신이 들지 않았다. 아무도 공부 방법을 말해주지 않았다. 망망대해 가운데 혼자 통통배를 타고 있는 기분이었다. 바다를 건너 육지로 가야 하는데 방향조차 모르는 상황이었다. 속상한 마음을 터놓고 싶었지만, 친구가 없었다. 언니에게 말하자니 만삭인데 걱정 끼치기 싫었다. 답답한 처지가 속상했다. 중국에 와서 겪었던 억울했던 일들이 스쳐 지나갔다.

'어휴~ 왜 와서 이 고생을 할까? 한국에서 즐겁게 지낼걸.
내 눈 내가 찔렀구나!'

후회가 밀려왔다. 그냥 포기하고 싶었다.

'그냥 한 달 놀다가 한국에 갈까? 친구들에겐 뭐라고 하지?
부모님은 얼마나 한심해하실까?'

진퇴양난이었다. 요꼬를 슬쩍 보니 중국어 신문을 보며 무언가를 열심히 외우고 있었다.

'요꼬는 중국어도 이미 잘하는데 뭘 저렇게 열심히 공부하는
거야? 아무것도 못 하는 나도 있는데.'

요꼬를 보니 자괴감이 들었다. 답답함에 눈물이 흘렀다. 요꼬가 있었기에 최대한 소리를 낮춰 훌쩍거리고 있었다. 몇 분 후 우는 것을 눈치 채고 요꼬가 등 뒤로 다가왔다.

"유진 왜 그래? 무슨 일이야?"

등을 조심스레 토닥여 주었다. 누군가 다가와 주기를 기다렸었는지 설움이 북받쳤다. 대성통곡을 했다.

"중국어를 잘하고 싶은데 어떻게 해야 할지 모르겠어. 요꼬는 영어, 중국어 다 잘하는데 난 멍청이야. 그냥 포기하고 한국 가고 싶어."

이 말을 사전을 뒤적이며 중국어, 영어, 손짓으로 힘겹게 전달했다. 요꼬는 사회경험이 풍부하고, 배려심이 깊었다. 안쓰러운 표정으로 등을 토닥일 뿐 아무 말도 하지 않았다. 휴지를 뽑아 왔다. 눈물, 콧물 범벅이 된 얼굴을 살살 닦아주었다. 크게 울고 나니 가슴이 좀 시원해졌다. 세수하고 밖을 나갔다. 운동장을 산책하며 마음을 진정시켰다. 정신이 드니 순간 얼굴이 화끈거렸다. 요꼬랑 만난 지 얼마 되지 않았었다. 그마저도 소통이 안 돼서 오래 이야기를 나눈 적이 없었다.

"왔어?"
"잘자."

이 두 마디가 하루 대화 전부일 때도 있었다. 거리감이 있었다. 요꼬가 날 이상한 여자로 생각할 것 같았다. 문밖을 한참 서성였다. 눈치를 보며 방문을 열었다. 방 안 곳곳에 노란색 종이들이 펼쳐져 있었다. 자세히 보니 포스트잇이었다. 모든 물건에 붙어 있었는데, 해당 물건의 한자와 발음이 적혀 있었다. 문, 옷장, 책상, 연필. TV, 바닥, 벽, 창문, 신발, 컵 등등. 53개였다.

"요꼬, 이게 다 뭐야?
"주변 물건부터 눈에 익히며 반복해. 내가 처음에 이렇게 공부했는데, 진짜 좋은 방법이야."

여자에게 감동해 본 건 처음이었다. 깜짝 이벤트 같았다. 가슴속에서 뭔가 뜨거운 것이 올라왔다. 말을 하면 울음이 또 터질 것 같았다. 고맙다고 해야 하는데 목이 꽉 막혀 나오지 않았다. 요꼬가 편안한 미소를 짓더니 냉장고에서 케이크를 꺼냈다.

"프랑스인이 하는 빵집이 있는데 케이크가 최고야. 같이 먹자!"

요꼬가 남자였다면 사랑에 빠졌을 것이다. 내 상황을 진심으로 공감해주고 위로해줬다. 말은 잘 통하지 않았지만, 마음이 느껴졌다. 좀 울고 나니 시원해졌는데, 달콤한 케이크까지 먹으니 기분이 한결 더 가벼워졌다. 표현할 수 없을 정도로 감사했다. 마음을 조금이나마 전달하고 싶었다.

'고마워.'

한 마디로는 부족했다. 중국어 사전을 뒤적이다 '천사'를 발견했다.

쉬자후이 성당

진지하게 요꼬를 보며 말했다.

"요꼬, 넌 천사야 천사. 정말 고마워."
"오호호호호호호홍 천사? 그래 고마워."

그렇게 소리 내서 웃는 것을 처음 봤다. 항상 가벼운 미소만 지었었다. 웃게 만들어 조금이나마 보답을 한 것 같았다. 좋은 룸메이트를 만난 걸 보니 중국 생활이 행운으로 가득할 것 같았다. 매일 포스트잇을 보며 단어를 외웠다. 억지로 외우는 게 아닌 오며 가며 보면서 눈에 익숙하게 만들었다. 다 외운 건 하나씩 떼서 보관했다. 일주일이 지나자 53개의 포스트잇이 서랍으로 들어갔다. 마지막 포스트잇을 떼면서 요꼬를 향해 만세를 불렀다.

처음이 제일 어렵다. 방대한 한자, 어려운 발음, 생소한 성조. 이 세 개의 조합은 초보자의 학습 의욕을 잃게 만든다. 요꼬 덕분에 첫 번째 벽에서 뒤돌아 가지 않았다. 천천히 올라가 보기로 다짐했다. 느리지만 매일 조금씩 성장해 갔다.

8

❀

중국이 **조금씩** 좋아지다

여유가 있어야 주변이 들어온다. 힘들 때는 길가에 꽃을 봐도 이쁘다 느끼지 못한다. 있는지도 모르고 지나친다. 여유는 곧 안정이다. 같은 곳에 있어도 안정된 사람이 더 많이 볼 수 있다. 중국에 도착한 처음 2주간은 불안의 연속이었다. 말도 안 통하고 모든 게 생소했다. 벼랑 끝에 달린 풀 한 포기처럼 노심초사하며 지냈다. 그러나 언니와 요꼬 덕에 조금씩 안정되어 갔고, 여유가 생기자 비로소 중국이 보이기 시작했다.

학교는 정문과 후문이 있었다. 정문은 대로에 있어 지하철역과 가까웠다. 후문은 동네 골목에 있었다. 그곳은 없는 게 없었다. 요즘은 카톡으로 외국에서 자유롭게 연락할 수 있지만, 그때는 국제 전화 카드를 사야 했다. 한화 5000원 정도 카드를 사면 30분 통화할 수 있었다. 중국에 간 지 며칠 되지 않았을 때, 카드를 사려고 요꼬와 후문에 갔다. 좁은 인도에 학생들과 상인들이 뒤엉켜 혼잡했다. 사람들과 계속 부딪혔다. 뒤에서 마구 밀치고 가기도 했다. 사과도 없었다. 목소리는 어찌나 큰지 여기저기서 울려대는 통에 정신이 없었다. 식당에서 길에 물을 뿌렸다. 옷에 물이 튀었다. 바닥은 물이 흥건했다. 신발에 구정물이 스며들었다. 군데군데 쓰레기가 쌓여 있었다. 미간이 저절로 찌푸려 졌다.

카드를 파는 사람은 길에 10명쯤 서 있었는데, 흥정이 필수였다. 5000원 카드를 4000원에 살 수 있었지만, 흥정하는 데 시간이 걸렸다. 한 번에 깎아주지 않았다. 우리가 4000원을 부르면 4900원, 간다고 하면 4800원. 그렇게 4000원이 될 때까지 실랑이했다. 피곤한 과정이었다. 같은 사람에게 여러 번 사면 얼굴을 알아서 바로 4000원에 준다고 들었지만, 신뢰를 쌓기까지 시간이 걸렸다. 다시는 가기 싫다는 것이 후문의 첫인상이었다. 그 후로 한참을 가지 않았다.

2주가 지나 기초 단어를 말할 수 있게 되었다. 3살 아기 수준이었다. 전화카드가 필요해서 처음으로 혼자서 후문에 갔다. 여전히 복잡하고 시끄러웠다. 카드 상을 향해 걸어가고 있는데 중국어가 조금씩 귀에 들어왔다. 뒤에서 "비켜주세요"하는 소리가 들렸다. 몸을 피하니 지나가는 사람이 눈인사했다. 기분이 묘했다. 저번에 사람들이 밀치고 간 게 말을 해도 반응이 없으니 그런 듯했다. 식당 주인은 여전히 물을 뿌렸다.

"오늘은 더워서 많이 뿌려야겠네."

중얼거림이 들렸다. 길 온도를 낮추기 위해서 뿌리는 거였다. 그것도 모르고 오물을 버리는 줄 알고 짜증 냈었다. 후문엔 가게와 노점상이 즐비했다. 과일, 양꼬치, 취두부, 볶음밥, 만두, 전병, 생과일주스, 밀크 티 등 수많은 음식이 있었다. 먹거리 천국이었다. 신기했다. 왜 처음에는 보지 못했을까? 첫날은 더럽고 복잡한 골목이라고만 느꼈었다. 얼른 빠져나가고 싶었다. 그러나 그날은 달랐다. 처음에 갔을 땐, 5분 만에 그 길을 통과했었는데, 가게마다 뭐 하는 곳인지 구경하다 보니 한 시간이 걸렸다.

저번에 거래했던 카드상이 보였다. 긴장됐다. 카드상은 순박한 농부 이미지를 가진 40대 아저씨였다. 얼굴은 까무잡잡했고 웃으면 앞니가 군데군데 썩어 있었다. 수더분한 인상과는 달리 만만치 않았다. 요꼬와 갔을 땐, 5분 정도 실랑이를 했었다. 한 번에 안 깎아주고 100원씩 내리며 간을 봤다. 4000원에 살 수 있다는 사전 정보가 없었다면 4800원에 그냥 샀을 것이다. 먹고 살아야 하니 그게 기술이었다. 심호흡하고 다가갔다.

"5000원 카드 한 장 살게요."
"어! 저번에 왔었지? 옷이 기억나. 4000원이야."

긴장했던 첫 거래는 10초 만에 끝이 났다. 빨간색 티셔츠에 흰 치마를 입고 있었는데 옷을 기억하고 있었다. 뜻밖에 옷 덕택을 봤다. 중국어도 조금씩 들려 답답함이 예전보다 덜했다. 첫 거래가 성공해서 뿌듯했다. 딴 것도 사볼까? 눈빛에 총기가 돌며 용기가 솟았다.

다들 보라색 음료를 들고 다녔다. 음료 안에 검은색 알 같은 게 있었다. 타로 버블 밀크티였다. 요즘은 한국에도 밀크티 전문점이 생겨서 익숙하지만, 당시는 처음 보는 음료였다. 맛이 궁금했다. 두리번거리니 음료 가게가 있었다. 이름을 몰라서 사진을 가리키며 주문을 했다. 천상의 맛이었다. 고구마, 밤 맛과 비슷한데 달콤했다. 버블은 쫄깃쫄깃했다. 처음 먹어보는 맛에 눈이 번쩍 뜨였다. 감탄하며 다시 걸었다.

어디선가 고기 냄새가 풍겼다. 향 나는 쪽을 보니 대여섯 명이 줄 서 있는 양꼬치 가게가 보였다. 주인은 양고기 요리로 유명한 위구르 족이었다. 위구르 족은 중국 북서쪽 지역에 사는 민족인데, 러시아와 아랍을 합친 외모를 가지고 있다. 그는 식당 밖에서 양꼬치를 구워 개당 1원한화 170원에 팔았었는데, 내가 가게 앞에서 머뭇거리고 있자 오라고 손짓했다. 한 개를 샀다.

그동안 양고기는 먹어 본 적이 없었다. 꼬치에선 양 특유의 냄새가 났으며, 향신료 '쯔란'과 '고춧가루'가 뿌려져 있었다. 양념에 불맛이 더해진 양꼬치는 내 입맛에 딱 맞았다. 꼬치 한 개에 손톱만 한 고기 네 조각이어서 양이 적었다. 다시 두 개를 샀다. 순식간에 뚝딱했다. 아쉬웠다. 양꼬치 아저씨와 눈이 마주쳤다.

"더 줄까?"

"네, 10개 주세요."

아저씨가 입을 벌리며 놀란 표정을 지었다. 가게 앞에서 10개를 먹었다. 양꼬치에 홀린 외국인이 신기했는지 주인아저씨가 계속 힐끗거렸다. 다 먹자 아저씨가 웃으며 엄지를 치켜들었다.

그 뒤부터 양꼬치와 밀크티에 중독이 돼서 매일 후문에 갔다. 밀크티를 사들고, 양꼬치 집에 갔다. 아저씨가 웃으며 반겼다. 주문하지 않아도 알아서 10개를 줬다. 밀크티와 양꼬치를 먹을 때가 하루 중 가장 행복한 순간이었다. 힘든 중국어 공부의 보상을 받는 시간이었다.

사랑에 빠질 땐, 특별한 것이 필요하지 않다. 단지 소소한 것에 매료된다. 양꼬치와 밀크티 때문에 중국이 좋아졌다. 마음에 여유가 생기니 후문의 매력이 보였다. 평범한 음식이 일상의 행복이 되었다. 그 행복으로 중국 생활이 풍요로워졌다. 열린 마음으로 중국을 보기 시작했다. 후문에는 발견하지 못했던 수많은 꽃이 있었다. 전화 카드상, 밀크티, 양꼬치, 과일가게, 만둣집, 마라탕 집, 모두가 꽃이었다. 후문에 가면 장미로 가득 찬 정원에 간 기분이 들었다. 즐겁고 편안했다. 언제든 공부하다 지치면 후문으로 달려갔다. 후문에서 새로운 걸 발견이라도 하면 기대감에 눈이 반짝거렸다.

그렇게 점점 중국의 매력에 빠져들기 시작했다.

2장

중국 문화에 풍덩

1

❀

상해를 벗어나다

중국에 간지 반년이 지나고 겨울 방학이 되었다. 방학 기간에 중국인 친구 차오후이 집에 초대되어 2주를 보냈다. 차오후이는 중국에서 만난 친구인데, 중국어 공부뿐만 아니라 생활 전반에 큰 도움을 받았다. 어학 연수 기간 내내 함께했던 단짝이었다. 그 친구와의 첫 만남은 3장에서 소개하겠다. 차오후이 고향에서 경험한 중국 문화는 오랜 시간이 지나도 생생할만큼 신기하고 생소했다.

한 학기가 지나고 마지막 수업 시간이었다.

"여러분 한 학기 동안 고생했어요. 겨울 방학 때는 집에 돌아가나요? 기회가 된다면 춘절에 중국 친구 집에 꼭 놀러 가

봐요. 잊지 못할 추억이 될 거예요."

춘절이라고? 춘절春节은 중국의 가장 큰 명절이다. 음력 1월 1일이다. 한국은 설날이라 부르지만, 중국은 춘절이라 부른다. 중국에선 이 기간에 대규모 축제가 며칠 내내 열린다. 선생님도 꼭 춘절 체험을 해보라고 하니, 문득 춘절이 궁금해졌다.

점심이 되어, 차오후이를 만나 말했다.

"차오후이, 방학 때 고향 가?"
"가야지, 춘절인데. 2주 정도 있다 오려고. 넌 한국 가?"
"아직 모르겠어. 그냥 중국에서 공부하지 뭐."
"그럼 고향에 같이 갈래? 재미있을 거야. 우리 고향은 장난 아니거든."
"진짜? 좋아! 가고 싶어!"

춘절이 되면 의 가장 큰 볼거리는 온 집마다 터뜨리는 폭죽이다. 상해나 북경 같은 대도시는 화재 위험 때문에 폭죽이 금지되어 있었으나, 작은 도시들은 아니었다. 차오후이 고향은 상해에서 6시간 떨어진 소도시였기에, 요란하게 춘절을 보낼 수 있었다.

춘절은 일주일간 쉬는데, 그 때가 되면 대도시에서 각 지역으로의 대규모 민족 이동이 시작된다. 차오후이와 기차표를 사러 역에 갔는데, 역

앞이 온갖 사람들이 뒤엉킨 전쟁터같았다. 전쟁이 나면 도망가다 밟혀 죽는다는 말이 실감 되었다. 어릴 때 티브이에서 명절 기차표 사는 행렬을 봤었었는데, 그 규모의 30배는 되는 것 같았다. 기차표를 사러 갔던 차오후이가 난처한 얼굴로 돌아왔다.

"완전 매진이야 제일 느린 것도 없어. 돌아오는 건 샀는데,
가는 게 문제야."
"그럼 어떻게? 고향 못 가는 거야?"

춘절을 못 지낸다고 생각하니 실망이 밀려왔다. 차오후이가 잠시 고민하더니 시외버스 정류장에 가자고 했다. 그곳엔 다행히 표가 남아 있었다.

춘절 4일 전, 차오후이의 고향으로 출발했다. 시외버스로 7시간을 가야 했다. 버스 좌석은 50cm 폭의 1인용 침대가 2층으로 되어 있는 침대칸이었는데, 차오후이는 버스가 출발하자마자 곯아떨어졌다. 난 아무리 잠을 청해보려 해봐도 바닥이 덜컹거려 잘 수 없었다. 앉고 싶어도 위칸 침대 때문에 목을 완전히 펼 수 없었다. 누워서 엎치락뒤치락 몸을 뒤척일 뿐이었다. 한 시간쯤 달리니 풍경이 완전 시골로 변했다. 화려한 대도시에 있다가 소박한 시골 마을을 보니 감회가 새로웠다. 시골엔 2층으로 된 전통가옥이 많았다.

2시간쯤 달리다 휴게소에 멈췄다. 허허벌판 가운데 있는 허름한 휴게

소였다. 사람들이 주섬주섬 일어났다. 기사가 20분간 화장실에 다녀오라고 했다. 화장실이 급해서 얼른 달려갔는데, 화장실 문을 여는 순간 자리에 얼어붙었다.

    '맙소사! 이게 뭐야?'

들어가자마자 눈에 들어온 건 낯선 사람의 엉덩이였다. 화장실 문이 없었다. 칸막이가 있기는 하나 허벅지까지 오는 높이였다. 앞 사람이 앉

으면 머리가 보이고 일어서면 엉덩이가 보였다. 다섯 칸에 자리한 사람들 속살이 한눈에 들어왔다. 목욕탕도 아닌 화장실에서 그런 광경을 목격하니 당황스러웠다. 황급히 밖으로 나왔다. 차오후이가 앞에 있었다.

"저기… 화장실이 이상해."
"왜? 많이 더러워?"
"아니, 엉덩이가 다 보여. 못 하겠어! 그냥 참을래."
"시골은 다 그래 아무도 신경 안 쓰니까 그냥 볼일 봐. 다른

데도 마찬가지야."

방법이 없었다. 다시 화장실로 들어갔다. 같은 버스를 타고 온 아주머니들이 아무렇지 않게 볼일을 보고 있었다. 얼굴이 시뻘게졌다. 지체할 시간이 없어 눈 딱 감고 볼일을 봤다. 아주머니들이 나를 뚫어져라 쳐다봤다.

'뭐야? 신경 안 쓴다더니 나만 보는구만…'

얼굴이 화끈거렸다. 온몸이 경직되며 모든 털이 곤두서는 느낌이었다. 얼굴을 감싸고 볼일을 봤다. 수치스러웠다. 그런 화장실을 두 번 더 들렀다. 그러나 마지막 화장실에선 어느새 나도 거리낌 없이 바지를 내리고 있었다. 역시 인간의 적응력은 놀라웠다.

2

내복의 비밀

상해에서 7시간 버스를 타고 차오후이의 고향에 도착했다. 절강성의 '리수麗水'라는 작은 도시였다. 높은 건물은 없었고 2층, 3층의 낮은 건물이 보였다. 마을버스를 타고 한 시간을 더 달려 차오후이의 집에 도착했다. 5층의 아파트였다. 벨을 누르고 기다렸다. 중국인 집에 처음 방문하는 거라 긴장이 됐다. 인사말을 중얼거리다 보니 문이 열리고 차오후이의 부모님과 여동생이 웃으며 반겨주었다. 차오후이의 부모님은 공무원이었는데, 그의 아버지는 까무잡잡한 피부에 마르고 자그마한 체형이었다. 눈이 작아 눈동자가 거의 보이지 않는 아버지와는 다르게, 그의 어머니는 하얀 피부에 시원한 눈매를 가진 미인에다가 키가 170cm 정도로 그녀의 남편보다 컸다. 두 분이 정반대의 외모였다. 차오후이와 여동생은 엄마 판박이였다.

"어서 와, 오느라 힘들었지? 추운데 얼른 들어와."
"안녕하세요."

인사를 나누는데 그들의 옷이 눈에 들어왔다. 두 분 다 아래위로 도톰한 내복을 입고 있었는데, 아저씨는 회색, 아주머니는 빨간색이었다. 내복이 탄성이 어찌나 좋은지 1mm의 헐렁함도 없었다. 몸매를 여과 없이 드러내고 있는 민망한 내복 차림에 두 눈이 방황하기 시작했다.

'우리가 예상보다 일찍 와서 옷 입을 시간이 없으셨나 보네. 모른척해야겠다.'

아무렇지 않은 척 짐을 내려놓으며 시선을 바닥으로 향했다. 두 분께 옷 입을 시간을 드려야 했다.

"배고프지? 오다가 뭐 사 먹었어? 휴게소 음식은 먹을 게 없다니까."
"여보, 애들 배고플 테니 얼른 밥 차립시다. 조금만 기다려."

당황하는 나와 달리 두 분은 개의치 않았다. 말을 건네며 분주히 식사 준비를 했다. 차오후이의 여동생이 내 옆에 다가와 앉았다.

"오빠에게 이야기 많이 들었어요. 외국인은 실제로 처음 봐요. 한국 여자들은 다 이쁘다면서요?

피부가 진짜 깨끗하다. 한국 화장품이 엄청 좋다면서요?"

차오후이의 여동생은 궁금한 게 많았다. 옆에서 계속 재잘거렸다. 귀에 들어오지 않았다. 눈이 내복에 고정되어 있었다. 차오후이에게 물어보고 싶었다.

'두 분은 왜 내복만 입고 계신 거야?'

그러나 그의 여동생이 옆에 있었어서 차마 물어볼 수 없었다. 가족들의 눈치를 살폈다. 나만 어색하지, 다른 식구들은 아무렇지 않아 보였다. 아주머니의 새빨간 내복이 눈앞에 아른거렸다. 유심히 쳐다보다 눈이 마주치니, 민망함에 어색하게 웃으며 말을 건넸다.

"옷 색깔이 참 이뻐요."
"오호호 홍, 이쁘지? 안 그래도 외국인 친구가 온다고 해서
어제 남편이랑 새로 샀어."
"엄마, 잘 어울리네."
"그렇지? 후이야 너도 갑갑할 텐데 옷 벗어."

차오후이가 청바지와 스웨터를 벗었다. 안에 회색 쫄쫄이 내복을 입고 있었다. 처음 보는 친구의 내복 차림이었다. 당황스러워 눈을 황급히 돌렸다. 차오후이는 태평하게 쇼파에 기댄 채 티브이를 보았다. 그는 배려와 교양이 넘치는 사람이었다. 그런 친구가 내복만 입고 있는 걸 보니

혼란스러웠다.

"유진도 옷 벗고 편하게 있어, 예의 차리지 마. 우리 다 편하
게 있잖아."

아주머니께선 옷을 벗으라고 했다. 방에 가서, 챙겨온 트레이닝복으
로 갈아입었다. 차오후이의 여동생이 쪼르르 달려왔다.

"우와 역시 외국인이라 달라. 아예 다른 옷으로 갈아입었네.
옷이 운동복 같은데 엄청 세련됐다.
이건 한국에서 산 거예요?"

그녀는 내 옷을 만지작거렸다. 아주머니도 다가왔다.

"촉감이 보들보들하네. 시골에는 이런 옷감이 없어. 한국은
잘 사는 나라야?"
"엄마, 엄청나게 잘 살아 평균 임금이 9000원한화 153만 원 넘
는데."
"아빠 월급이 3000원한화 51만 원인데 세상에나! 우리 옷 보면
촌스럽겠다. 그치?
"아니에요, 예뻐요. 따뜻해 보여요."

운동복이 발단되어 옷 이야기가 시작되었다. 대화하다 보니, 내복이

실내복 개념이었다. 친척이나 친한 친구들 사이에 얼마든지 입을 수 있는 옷이었다. 실내복이라 생각하니 이해가 됐다. 문화가 다르니 그럴 수도 있겠다 싶었다. 어색했던 표정이 자연스럽게 바뀌었다.

다음 날 아침, 주방에 가니 두 분이 여전히 내복 차림으로 아침을 준비하고 있었다. 똑같은 내복이었지만 처음만큼 이상하지 않았다. 차오후이와 여동생이 내복 차림으로 걸어 나왔다. 왠지 나도 내복을 입어야 할 것 같은 느낌이 들었다. 마치 목욕탕에서 혼자만 옷을 입고 탕에 있는 기분이었다. 내복 차림의 4명의 중국인과 아침을 먹었다. 이색적인 아침 풍경이었다.

3

🏵

제2의 피부

車

차오후이의 가족은 친절했다. 아저씨는 무뚝뚝한데 조용히 챙겨주시
는 성향이었다. 잘 먹는 요리가 있으면 내 앞으로 밀어주었다. 먹다 보
면 거의 모든 요리가 앞에 있었다. 아주머니는 쾌활했다. 말도 웃음도
많았다. 그녀는 내가 해산물을 좋아한다는 소리에 매일 새벽시장에서
조개, 새우, 오징어를 사 왔다. 따뜻하고 정이 넘쳤다. 그중에서도 가장
잊을 수 없는 사람은 차오후이의 여동생, '차오리'였다. 그녀는 나보다
두 살 많은 중학교 영어 교사였다. 차오후이는 조용하고 내성적인 성격
이었던 반면, 차오리는 활달하고 호탕했다. 친화력이 좋아 만나자마자
금방 친해졌다. 그녀는 내가 그녀의 집에서 지내는 동안 세심하게 챙겨
주었다. 차오리와 시내를 구경하러 가기로 했다.

"오토바이 안 타봤지? 코트 입으면 얼어 죽어. 자! 내 패딩
입어."

"차오리는 뭐 입어?"

"난 아빠 패딩 입으면 돼."

차오리가 빨간색 패딩을 내어 주었다. 칼칼한 새 옷이었다. 춘절이라
장만한 듯했다. 그러더니 옷장에서 낡은 검은색 패딩을 꺼내 들었다. 요
즘이야 중국도 돈 많은 사람이 많아 패션에 신경을 쓰지만, 그때는 부익
부 빈익빈이었다. 대부분의 사람들이 패션이라는 개념을 몰랐다. 겨울
옷은 한 벌이면 충분했고, 여러 벌의 옷을 살 만큼 여유 있는 집이 드물
었다. 차오후이의 집도 넉넉한 편은 아니었다. 부모님과 차오리가 일을
해서 근근이 생활했다.

"이것 봐 아빠가 날씬해서 품이 딱 맞아. 내 옷 같지? 까르륵.
어머 발목 차가운 것 봐. 내복 새것 있어. 따라와."

"괜찮아, 안 추워."

난 당시 촌스럽다고 생각해 내복을 입지 않았지만, 춥긴 추웠다. 중
국 남쪽 겨울은 한국보다 따뜻해 밖에 나가도 추운 느낌이 없지만, 습도
가 높아 시간이 지날수록 추위가 스며든다. 양말 두 겹을 신어도 점점
눅눅해져 동상에 걸릴 정도다. 여름이 무덥다 보니 냉방은 필수였으나,
난방장치는 없었다. 침대에 까는 전기 매트가 유일했다. 중국인은 습관

이 돼서 불편함을 못 느꼈지만, 나는 온돌방이 익숙했기에 차가운 실내가 적응이 안 됐다.

차오리는 팔을 당겨 방으로 데려갔다. 그녀는 내복을 입으면 시내를 구경시켜준다고 어르고 달랬다. 어쩔 수 없이 입은 내복이었는데 따뜻하고 포근했다. 내복이 그렇게 따뜻한지 처음 알았다. 그때부터 내복에 입문하게 되었다. 이제는 내복 없는 겨울은 상상도 할 수 없다. 차오리 덕분에 제2의 피부를 만나게 되었다.

며칠 후, 차오후이가 느닷없이 초콜릿을 내밀었다. 그런 사이가 아닌데 뜬금없었다. 난감한 내 표정을 보더니 머리를 긁적거렸다. 개미 같은 목소리로 중얼거렸다.

"차오리가 준 건데 나보고 샀다 하고 주라고 해서…"

차오후이와 내가 연인으로 발전되기를 바랐는지 차오리가 연애 코치를 한 거였다. 순진한 차오후이는 있는 그대로 다 털어놓았다. 웃음이 나왔다.

"네가 준 거면 안 받으려고 했는데. 차오리가 준거니 받을게."

초콜릿 포장을 뜯었다. 깜짝 놀랐다. 비싼 수입 초콜릿이있다. 한화로

15,000원 정도였다. 당시 차오리의 한 달 월급이 한화 15만 원이었는데, 월급의 10%를 초콜릿에 쓴 것이다. 평소 먹고 싶었던 초콜릿이었지만, 한화 20만 원으로 생활했던 내게는 너무 비싸 나도 감히 못사는 걸 차오리가 산 것이다. 마음이 아렸다.

'차오리도 못 먹어봤을 텐데 나라면 그렇게 할 수 있을까?'

자신이 없었다. 해준 것도 없는데 왜 이렇게 잘해주나 싶었다. 은혜를 어떻게 갚아야 하나 마음이 무거웠다. 고맙고 미안했다. 초콜릿을 소중하게 꼭 쥐었다. 집으로 돌아가자 차오리가 내 손의 초콜릿을 보며 만족스러운 미소를 지었다. 작전이 성공했다고 생각했는지 차오후이에게 눈짓을 보냈다. 그 모습이 우습기도 하고 사랑스러웠다.

"차오리, 초콜릿 고마워."

계획이 어긋남을 눈치채고 머쓱하게 웃었다. 연이어 차오후이에게 눈을 흘기며 핀잔을 주었다.

"오빠는 그것도 제대로 못 해 어휴!"

차오후이는 민망한지 목을 긁으며 난감해 했다. 중간에 꺼서 잘못도 없는데 미안해하는 모습이 웃겼다. 차오리와 동시에 웃음을 터트렸다. 차오후이도 따라 웃었다. 셋이서 초콜릿을 나눠 먹었다. 그때의 부드러운 맛을 아직도 잊을 수 없다. 나중에 같은 초콜릿을 사 먹은 적이 있는데, 그때의 맛이 나지 않았다. 아마도 차오리의 따뜻한 마음이 없어서였나 보다.

살다 보면 생각지도 않았던 사람에게 은혜를 입기도 하고, 은혜를 베풀기도 한다. 목적이 있는 베풂에는 아무도 감동하지 않는다. 그러나 바라는 것이 없는 순수한 마음을 받을 때는 진심으로 감동한다.

차오리의 따뜻했던 마음은 감사한 빚으로 남아 있다. 몇 년 뒤, 상해에서 일할 때 경제적으로 풍족했었는데, 춘절이 되면 차오후이 집에 보낼 선물을 샀다. 차오리의 선물을 고를 때면 신이 났다. 돈이 있어서 가장 좋은 순간은 베풀어 주었던 사람에게 되돌려 줄 때이다. 차오리는 매번 고마워서 어쩔 줄 몰라 했지만 그녀는 몰랐다. 본인이 베푼 마음이 훨씬 더 크다는 것을……

4

※

중국에서 태어날 걸

차오후이의 집에서 신기한 모습은 남자가 요리하는 점이었다. 도착한 첫날 아저씨가 요리했다. 아주머니는 완성된 요리를 식탁으로 날랐다.

'내가 와서 특별히 하시나 보네. 이미지 관리하시는 건가?'

다음날도 그다음 날도 아저씨가 요리사였다. 차오후이는 옆에서 거들었다. 아저씨는 내복 위 빨간 앞치마를 두른 채 힘차게 프라이팬을 돌렸다. 매번 여덟 개 이상의 요리가 올라왔다. 중국요리는 볶는 게 많아서 빨리 완성됐다. 재료와 양념을 넣고 센 불에 볶으면 완성이었다. 뒷정리는 차오후이 담당이었다. 그는 식탁을 치우고 설거지를 했다. 아저씨는 그동안 청소기를 돌렸다. 그럴 때면 엄마와 여동생은 소파에서 티브이를 보며 웃고 있었다. 가부장적인 문화에 익숙해서 그런지 그 상황이 이상했다. 가만히 있기가 민망했다. 아저씨 주변을 맴돌았다.

"도와드릴까요? 청소기 주세요. 제가 할게요."
"아냐 아냐. 이 집에서 내가 제일 잘해. 편히 쉬어!"
"그래도…."

아저씨는 매번 손을 흔드시며 거절했다. 우물쭈물 서 있으면 차오리가 다가와 끌고 갔다.

"남자들이 알아서 하니깐 신경 쓰지 말고 이리 와서 과일 먹어. 아빠는 집안일 하는 걸 좋아해."
"암 그렇고 말고! 이 집은 나 없으면 아무것도 안 돌아간다니까."

분위기가 아저씨를 부려먹는 느낌이 아니었다. 아저씨는 요리와 청소를 잘했다. 잘하는 사람이 하는 분위기였다. 아저씨도 본인 비결을 자랑했다. 늘 콧노래를 부르며 일했다. 가끔 아주머니와 눈이 마주치면 싱글싱글 웃었다. 아주머니는 노래를 잘했다.

"여보 노래 한 곡 해줘. 제일 좋아하는 곡 알지?"

아주머니는 웃으며 노래를 불렀다. 한두 번 해본 솜씨가 아니었다. 아저씨는 요리하며 같이 흥얼거렸다. 가끔 차오리가 주방에 들어가면 냄새 밴다고 나가라고 했다. 행주라도 잡으면 차오후이가 얼른 빼앗았다.

"오빠가 할게. 너 일하느라 피곤하잖아. 소파 가서 쉬어!"

차오후이는 차오리 머리를 쓰다듬으며 따뜻하게 쳐다봤다.

'뭐야? 현실 남매 맞아?'

가족 드라마를 보는 기분이었다. 비현실적이었다.

'이런 집이 있다고?'

볼 때마다 신기했다. 서로를 잘 챙기고 배려했다. 보고 있으면 저절로 미소가 지어졌다. 따뜻한 분위기가 부러웠다.

이러한 분위기는 다른 집에 갔을 때도 비슷했다. 춘절을 앞두고 있다 보니 매일 친척 집을 방문했다. 친척이 많아 스무 군데는 더 다녔다. 방문하면 여자들이 거실에서 티브이를 보다가 걸어 나왔다. 거실에는 과일, 과자, 견과류 등등 간식이 널려 있었다. 남자들은 앞치마를 두르고 주방에서 나왔다. 국자를 든 채 인사를 할 때도 있었다. 한국과 정반대 모습이 낯설었다.

차오후이 아버지의 외삼촌 댁에 갔을 때였다. 아저씨의 외삼촌과 외숙모는 여든은 넘어 보였다. 외숙모는 거실 흔들의자에 앉아 담배를 피우고 있었다. 며느리를 비롯한 여자들은 마작하고 있었다. 외삼촌, 두 아들, 손자는 식탁에서 만두를 빚고 있었다.

"과일 좀 줘."
"육포 사 논거 있지? 들고 와."
"만두는 언제 돼?"

거실에 있는 여자들이 끊임없이 심부름을 시켰다. 남자들은 군말 없이 시중을 들었다. 차오리와 엄마는 여자들 틈에 자리했다. 이야기를 나누며 마작 훈수를 두었다. 차오후이는 식탁에 자리 잡았다. 근황을 주고받으며 만두를 빚었다. 마작보단 만두가 재미있어 보였다. 식탁에 앉아 만드는 법을 배웠다. 외국인이 만두를 빚으니 신기한 모양이었다. 외삼촌이 사람들을 불러 모았다.

"손이 야무지네. 여기 와봐. 한국 아가씨 만두 빚는 것 좀 봐."
"어머 이쁘게 잘하네. 나도 오랜만에 솜씨 발휘해 볼까?"

거실의 여자들이 하나둘 끼어들었다. 산더미 같던 만두소가 순식간에 사라졌다. 수백 개의 만두가 완성됐다.

"만두 빚느라 고생했으니 남자들은 좀 쉬어요. 우리가 만두 찔게."

여자들이 주방으로 들어갔다. 남자들은 앞치마를 벗고 거실에 앉았다. 방문했던 집 모두 남자들이 적극적으로 집안일을 했다.

이런 문화도 지역 차가 있다. 남쪽 남자는 기질이 부드럽고 온순하다. 남자가 집안일과 육아에 적극적으로 참여한다. 북쪽으로 갈수록 기질이 강해진다. 여자들이 집안일을 더 많이 한다. 이러한 기질 차이로 남쪽 남자들이 결혼 상대자로 인기가 많다.

'아~ 중국에서 태어날 걸 그랬어. 여기가 바로 여자들의 천국이구나!'

5

춘절이 왔다

드디어 춘절 전날이 되었다. 춘절 전날에 하는 대표적인 일은 두 가지이다. '연야반年夜饭'과 '폭죽 터트리기'이다. '연야반'은 춘절 전날 가족, 친척들이 모여서 밤새도록 술과 음식을 먹는 것이다. 밤을 새우며 새해를 맞이한다. 음식을 밤새도록 먹는 것은 한 해의 풍요를 기원하는 의미이다.

폭죽은 새해로 넘어가는 자정에 집마다 동시에 폭죽을 터트린다. 나쁜 기운을 쫓아내는 의미이다.

춘절 전날이 되자 온 가족이 분주히 움직였다. 장 봐온 음식들이 식탁에 수북이 쌓여 있었다. 차오후이와 아주머니는 재료를 손질했다. 아저씨는 요리 준비를 했다.

"차오리, 가서 폭죽 사와."
"우리 폭죽 사러 가자!"

차오리를 따라갔다. 가게가 수십 개 있었다. 세상에 존재하는 모든 폭죽을 진열한 듯했다. 별별 종류가 다 있었다. 수십 명이 양손 가득 폭죽을 샀다. 어떤 차는 트렁크와 뒷좌석이 폭죽으로 꽉 차 있었다.

'저 많은 폭죽으로 뭐 하는 거지? 불꽃 축제라도 할 셈인가?'

폭죽은 여러 종류가 있었다. 우리가 아는 하늘에서 팡팡 터지는 폭죽도 있고, 수백 발이 땅에서 시끄럽게 터지는 것도 있었다. 소리가 기관총 같았다. 땅에서 터지는 폭죽 20줄을 샀다. 한 줄에 알갱이가 백 개정도 달려 있었다. 짐칸에 다 안 들어가서 나머지는 들었다. 묵직해서 오토바이 속도가 나지 않았다.

"차오리 이렇게 많이 사서 다 뭐해?"
"많다고? 한 번 더 갔다 와야 해 아직 부족해."
"불이라도 내려고?"
"나중에 적다고 후회나 하지 마."

집에 폭죽을 내려놓고 20줄을 더 사 왔다. 다 같이 음식 준비를 하고 저녁에 모든 요리가 완성되었다. 소고기, 돼지고기, 닭, 오리, 조개, 오징어, 생선, 만두, 여러 채소 요리 등등. 8인용 식탁이 요리로 가득 찼다. 공간이 부족해 접시 위에 접시를 올려야 했다. 황제 밥상이 따로 없었다. 드디어 '연야반'이 시작됐다. 차오후이 친척이 몇 명 와서 다 같이 먹기 시작했다. 친척들은 한 시간쯤 있다가 다른 집에 갔다. 잠시 후 다른 친척들이 방문했다. 음식을 차려놓고 먹고 있으면 친척들이 계속 오고 갔다. 다들 선물을 들고 왔고, 차오후이의 부모님은 돈을 붉은 봉투에 담아 그들에게 주었다. 어떤 친척이 고량주를 선물로 들고 오자 차오후이의 아버지가 함박웃음을 지었다. 그는 고량주를 좋아해서 종종 반주로 드셨다.

"이 비싼 걸 어떻게 샀어? 제일 좋아하는 건데. 이런 날 뜯어야지."

아저씨는 52도 고량주를 개봉했다. 그가 사람들에게 권유했지만 모두 사양했다.

"저 한 잔 주세요."
"진짜? 역시 마음 알아주는 건 유진밖에 없어."

고량주는 마셔본 적 없었다. 맛이 궁금했다. 한 잔을 단숨에 들이켰다. 불덩어리를 삼킨 것처럼 목이 타들어 갔다. 따갑고 화끈거렸다. 그러나 몇 초가 지나자 언제 그랬냐는 듯 밀밀해졌다. 첫맛은 독하지만,

뒷맛이 개운했다.

　"맛이 어때?"
　"엄청나게 독한데 뒷맛은 깔끔해요."
　"하하, 한잔 더 할래?"

　아주머니가 아저씨 등을 때리며 말렸다. 좀 있으니 정신이 몽롱해졌다. 아마 한잔 더 먹었으면 그날 기억은 사라졌을 것이다. 음식이 끝도 없이 나왔다. 아저씨는 주방을 왔다 갔다 하며 음식이 동나지 않게 요리했다.

　밤 11시 40분이 되었다. 다들 우르르 밖으로 몰려나갔다. 집마다 폭죽 터트릴 준비를 하고 있었다. 12시가 되자 모든 집이 폭죽을 터트렸다. 귀가 먹을 정도의 굉음이 터졌다. 고막이 터질 것 같았다. 옆을 보니 다들 귀를 막고 있었다. 그 동네만 터트리는 것이 아니라 도시 모든 집이 동시에 터트렸다. 온 사방에 '펑펑', '푸다다다닥' 요란한 소리가 울려 퍼졌다. 전쟁이 난 듯했다. 하늘에는 수천 개 폭죽이 터지고 있었다. 온 도시가 굉음과 번쩍이는 불빛으로 가득 찼다. 장관이었다. 선생님이 왜 춘절을 꼭 경험해 보라 했는지 이해됐다.

　다들 흥겨워 보였다. 덩달아 신이 났다. 한바탕 소동이 끝나자 서로 새해 인사를 나누었다. 등을 토닥이며 한 해 행복을 빌어 줬다. 준비한 폭죽이 떨어졌다. 아쉬웠다.

"차오리 폭죽 더 없어?"

"없어. 말했지? 아무리 사도 부족하다고."

중국에서 춘절을 보내며 가장 좋았던 것은 혈연 간 두터운 정이었다. 한국은 명절이라 하면 엄마들의 한숨이 먼저 떠오른다. 명절 노동의 시작이다.

"언제 취직해?"

"언제 결혼해?"

상하이 예원

"언제 아기 낳아?"

친척들의 훈수는 기본 옵션이다. 명절 의미가 퇴색해 모두가 피하는 골칫덩이가 되었다. 춘절은 모두가 행복해 보였다. 남녀 구분 없이 일을 같이했다. 일에 대한 스트레스가 없었다. 모여서 하는 이야기도 가벼운 주제로 농담을 주고받았다. 시종일관 유쾌한 웃음이 넘쳤다. 아무도 소외되지 않고 희생하지 않는 공평한 명절이었다.

6

귀한 손님에게 좋은 음식을

중국은 춘절 기간 내내 친척 집에 인사를 다닌다. 차오후이 식구들을 따라 모든 집을 방문했다. 그때는 작은 도시에 외국인이 거의 없었다. 친척들은 외국인이 왔다는 소식에 무척 궁금해했다. 집에 가면 어른부터 아이까지 뚫어져라 쳐다봤다.

"한국인인데, 우리랑 똑같이 생겼네."

무조건 듣는 말이었다. 처음에는 그 말이 웃겼다. 한국인이면 눈이 네 개쯤 달려야 하나 싶었다. 하지만 어린 시절을 생각하면 이해가 됐다.

8살쯤 됐을 때 큰 집에 중국인이 왔었다. 호랑이 연고를 파는 사람이었다. 엄마와 큰집으로 가는 동안 무척 기대되었다.

> "엄마, 중국 사람이니까 영화 황비홍에 나오는 옷차림이겠
> 지?
> 반 대머리에 머리카락을 길게 땋았겠다. 띵호와라고 인사해
> 야 해?"

막상 보니 평범한 사람이었다. 황비홍 옷도 입고 있지 않고 한국말도
잘했다.

> "뭐야? 중국 사람인데 우리랑 똑같잖아!"

엄청나게 실망했었다. 아마 차오후이 친척도 그런 마음이 아니었을
까? 한국인이니 사극 드라마에 나오는 사람처럼 한복에 쪽진머리를
하고 있으리라 상상했을 수도 있다. 평범한 사람이라 아마 의아했었
나 보다.

중국인은 먹는 것을 중시한다. 손님이 오면 좋은 음식을 대접하려고
정성을 기울인다. 차오후이 집안의 서열 높은 어르신 댁에 갔을 때였다.
사람이 30명 정도 모여 있었다. 음식상이 차려지고 자라탕을 내어왔다.
세숫대야만 한 그릇에 한약재와 자라 세 마리가 담겨 있었다. 귀한 보양
식이었다.

'헉! 저런 요리도 있네. 안 먹어야지.'

맛있는 게 많아 이것저것 먹었다. 친척 한 분이 자라 다리 하나를 내 접시에 올려 주었다. 뾰족뾰족한 발톱이 눈에 들어왔다. 먹고 싶지 않았다. 친척이 안 볼 때 얼른 차오후이 접시에 올렸다. 등껍질이 가장 좋은 부위라고 했다. 집안 어른 두 분이 등껍질을 하나씩 가져갔다. 하나가 남았다. 갑자기 어르신이 나를 보았다.

"귀한 손님이 먼 곳에서 오셨는데 등껍질을 드려야지."

모두 고개를 끄덕이며 수긍하는 분위기였다. 등껍질이 앞접시에 놓였다.

"몸에 좋은 거니까 남기지 말고 먹어요."

30명의 눈이 나를 향했다. 자라 살은 소고기처럼 붉은빛이 돌았다. 등껍질 안쪽은 살이 거의 없었다. 반투명한 끈끈한 젤리 같은 것이 더덕더덕 붙어 있었다. 난감해서 등껍질을 멍하게 보고 있었다.

"아차 먹는 방법을 모르겠구나!"

옆에 있던 친척이 숟가락으로 등을 박박 긁어서 주었다. '맙소사' 원치 않는 친절이었다. 숟가락 한가득 끈적한 셀리가 남았다. 어르신이 득

별히 주신 건데 거절은 예의가 아니었다. 다들 보고 있어 차오후이에게 넘길 수도 없었다. 차오후이 부모님 얼굴이 초조해 보였다. 그런 음식은 손도 대지 않는다는 걸 알고 계셨다. 다급한 표정을 보니 도와줄 말을 생각하는 듯했다.

'그래 설마 죽기야 하겠어?'

두 눈 질끈 감고 꿀꺽 삼켰다. 끈적한 식감이 생소할 뿐 맛은 나쁘지 않았다. 연골 같은 맛이었다. 못 먹을 줄 알았는데 삼키니 다들 손뼉을 쳤다. 어르신이 껄껄 웃었다.

"어허허, 먹는 게 복스럽구면. 많이 먹어요."
"영양이 풍부한 맛이네요. 건강해질 것 같아요. 감사합니다."

차마 맛있다는 소리가 나오지 않았다. 최대한 어울리는 말을 뱉었다. 중국인은 체면을 중시한다. 그 상황에서 인상 쓰며 먹지 않았다면 그건 호의를 거절하는 것이다. 음식을 권한 어르신과 차오후이 부모님의 면목이 서지 않는다. 차오후이 부모님의 안색이 밝아졌다.

"잘했어."

차오후이가 작은 소리로 칭찬했다. 옆에 있던 친척이 개구리 뒷다리를 권했다. 사천식으로 맵게 볶은 요리였다.

'맛있는 것도 많은데 왜 하필 이런 것만…'

자라보다는 나아 보였다. 허벅다리 살을 한 입 먹었다. 오잉? 의외로 부드럽고 담백했다.

"우와 맛있어요. 하나 더 주세요."

"어허허, 한국인이라더니 완전 중국인이네! 중국인이야."

모든 사람이 그날 이후 가족처럼 대해 주었다. 무언가를 함께 공유한
다는 것은 보이지 않은 연결고리로 깊게 연결되는 것이었다. 차츰차츰
중국 문화에 적응되어 갔다.

7

음식은 남기는 게 미덕이라고?

차오후이 집에서 적응하기 힘들었던 점이 두 가지 있었다.

첫 번째는 음식 문화였다. 한국이나 중국이나 손님이 왔다면 잘 대접하는 것이 중요하다. 손님과 주인은 암묵적인 예의가 있다. 한국은 맛에 초점을 둔다. 주인은 최대한 솜씨를 발휘하고, 손님은 남김없이 먹는 게 예의이다. 음식을 남기면 주인은 찝찝하다.

'맛이 없었나?'

그러나 중국은 맛도 중요하지만 충분한 양을 대접해야 한다. 손님이 음식이 부족하다고 느끼는 순간 접대는 실패한 것이다. 손님이 접시를 싹싹 비우면 주인은 생각한다.

'음식이 부족한가?'

그래서 중국에선 손님이 오면 푸짐한 양의 요리를 준비한다. 요리가 남고, 손님이 녹다운을 외치는 순간 대접이 완성된다. 주인은 비로소 만족한다.

처음에 이 문화를 몰랐다. 첫날 저녁 식사에 엄청난 양의 음식이 차려져 있었다. 칠리새우가 맛있어 계속 먹었다. 접시에 하나가 남았다. 배가 불러 도저히 못 먹을 상황이었다. 아저씨가 마지막 남은 걸 권했다. 싹 비우면 뿌듯하실 것 같았다. 마지막 하나를 집어넣었다. 아저씨가 주방에 갔다. 한 접시를 더 들고 나왔다. 새로 만들었는데 안 먹으면 예의가 아닌 듯했다. 두 개를 집어 욱여넣었다. 다른 식구들도 두세 개씩 거들었다. 접시가 비워졌다. 음식이 목까지 차올랐다. 아저씨가 다시 일어나 주방에 갔다. 불안했다. 다급하게 차오후이에게 속삭였다.

"설마 요리하시는 거 아니지? 토할 것 같아 더는 못 먹어."
"아빠 그만 해요. 배부르데요."
"아냐 아냐, 금방 만들어. 다른 거 먹으면서 기다려."

세 번째 접시가 올라왔다. 보기만 해도 속이 울렁거렸다. 양손으로 손을 내저었다. 아저씨는 만족한 미소를 지었다. 끼니마다 과식하니 속이

빌 틈이 없었다. 저녁이 돼도 점심이 소화되지 않았다. 배부른 와중에 식탁은 또 한가득 차려져 있었다. 끼니마다 소화제를 먹었다. 3일 지나니 "밥 먹자" 소리만 들어도 머리카락이 곤두섰다. 먹는 것 자체가 스트레스였다. 음식을 보면 속이 울렁거렸다.

"차오후이, 먹는 게 힘들어. 너무 많아."
"원하는 만큼만 먹어. 요리를 남겨."
"아저씨가 정성껏 해주신 건데 어떻게 그래? 기분 안 좋으실 것 같은데."
"으하하 아냐. 아빠는 요리를 남겨야 기분이 좋으실 거야. 다 먹으면 부족하다고 생각해서."

그 뒤부터 접시를 비우지 않았다. 아무리 맛있어도 마지막 남은 건 집어 들지 않았다. 평화가 찾아왔다. 더는 소화제가 필요 없었다.

중국 사람은 식당에서도 필요한 양보다 더 많은 요리를 주문한다. 손님과 음식량을 딱 맞게 주문하는 것을 쪼잔하다고 생각한다. 대륙의 기질이다. 화통하고 통이 크다. 넉넉하게 주문해야 체면이 선다고 생각한다. 손님은 주인을 위해 음식을 조금씩 남겨야 한다. 주인이 불안하지 않게 배려하는 것이다. 요즘은 이런 문화가 많이 바뀌었다. 몇 년 전부터 음식 쓰레기가 큰 사회문제로 떠올랐다. 과도한 음식이 낭비라는 것을 인식하고 있다. 필요한 만큼만 주문하는 문화가 점차 자리 잡아가고 있다.

두 번째 불편함은 말이 통하지 않았다. 차오후이 고향은 상해 밑에 있는 절강성이었다. 사투리가 있어 알아들을 수 없었다. 처음 도착했을 때 다들 표준어로 대화했다. 차오리는 교사라 완벽한 표준어를 썼다. 아주머니도 그런대로 하셨다. 아저씨는 표준어를 해본 적이 없었다. 힘겹게 말을 했는데 어색한 게 느껴졌다. 중간중간 차오리에게 맞냐고 확인을 했다. 한마디가 끝나면 온몸을 부르르 떨었다. 아저씨가 표준어를 할 때면 식구들이 웃음을 참으며 구경했다. 말 끝나기가 무섭게 웃음을 터트렸다. 몇 번 하다 어색한지 그 뒤부터는 차오후이에게 통역을 시켰다.

중국 표준어는 북경어에 기초를 두고 있다. 북쪽 지역은 어딜 가든 표준어와 비슷해 소통에 큰 문제가 없다. 북경에서 먼 지역일수록 표준어와 차이가 크다. 차오후이 고향은 남쪽이라 표준어와 전혀 달랐다. 식구들끼리 말할 때면 외계어로 들렸다. 답답했다.

"차오후이, 너라도 식구들과 표준어로 이야기해. 그럼 절반은 알아들을 수 있잖아."
"알았어. 엄마 우리 밥 몇 시에 먹어요?"

차오후이가 표준어로 말했다. 엄마 눈이 휘둥그레졌다. 몇 번 대화를 주고받더니 차오후이가 다시 사투리를 썼다.

"엄마가 미쳤냐고 그러는데. 표준어는 힘들겠어! 미안."

아주머니는 내가 부탁한 걸 모르고, 아들이 갑자기 표준어로 말을 거니 이상하게 생각했다. 아주머니가 왜 그런 반응인지 이해됐다. 고향이 대구인데 형부가 서울 사람이었다. 언니가 결혼한 뒤 서울말을 했다. 그 모습을 보면 어색해서 몸이 배배 꼬였다. 아마 차오후이 엄마도 그런 기분이었을 것이다. 나 때문에 모두 어색한 표준어를 사용할 수 없었다. 다들 불편한 것보다 혼자 답답한 게 나았다. 차오후이가 틈틈이 통역했지만, 한계가 있었다.

답답함이 사라지는 순간은 조카 '러러'가 올 때였다. 7살이었는데 매일 차오후이 집에 왔다. 러러는 사투리를 쓰지 않았다. 차오후이가 식구

들과 이야기할 동안 러러와 수다를 떨었다. 7살에게 발음 교정을 받았
다. 한국 이야기를 해주면 눈이 반짝거렸다. 놀러 다닐 때 늘 같이 다녔
다. 저녁에 러러 엄마가 데리러 와도 안 간다고 고집을 부렸다. 내가
떠난 후 며칠을 울었다고 들었다. 가끔 러러가 생각난다. 지금은 어엿한
청년이 됐을 것이다.

"꼬마 친구 러러야, 잘 지내니? 그때 말동무 해줘서 고마웠
어."

8

锦

엄마의 마음

차오후이의 고향에서 2주를 보내고 상해로 돌아오는 날이었다. 차오후이의 엄마가 먹을 것을 엄청나게 챙겨주셨다. 다 담으니 10상자였다. '요우즈'라는 과일이 있다. 자몽과 비슷한데 멜론만 한 크기이다. 근처에 요우즈 특산품 지역이 있어 차오후이 엄마가 14개를 사 왔다. 요우즈 두 개가 수박 하나 무게다. 요우즈, 다른 과일, 각종 건어물, 육포, 과자 등등. 합치니 10상자가 된 것이다.

이 요우즈가 문제의 발단이 됐다. 2개는 차오후이 거고 12개는 내 몫이었다. 그 밖에도 챙겨주신 물건이 대부분 나와 언니를 위한 선물이었다. 정작 차오후이가 먹을 음식은 얼마 되지 않았다. 차오후이가 먹을 음식이라면 어떻게든 들고 왔을 것이다. 기차로 가야 했는데 학교까지 들고 갈 자신이 없었다. 필수품도 아닌데 비효율적이었다.

"요우즈는 상해도 있어요. 차오후이 것 2개만 들고 갈게요.
전 필요 없어요."
"상해 것은 맛도 없어. 이런 건 구하지도 못해. 가서 먹어봐
14개도 모자라."
"그럼 4개 들고 갈게요. 무거워서 못 들고 가요."
"기차역까진 남편이 태워줄 거고, 상해역에서 택시 타면 되
잖아. 귀한 건데 다 들고 가."
"그럼 8개 들고 갈게요. 더는 많아요."

실랑이 끝에 8개로 정해졌다. 가벼운 과자를 더 넣어 주셨다. 총 7상
자였다. 기차를 탔다. 아주머니와 차오리는 울고 있었고 아저씨도 눈이
빨개졌다. 기차가 출발하고 아쉬운 이별을 했다.

상해로 돌아오는 기차 안에서 걱정이 들었다.

'기숙사까지 어떻게 옮기지? 왜 저렇게 많이 주신 걸까? 비
효율적이야.'

상해역에 도착해 짐을 나르기 시작했다. 상자 하나를 들고 십 미터쯤
옮기고 다시 돌아와 남은 상자를 옮겼다. 역 나가는 내내 반복했다. 10
분이면 나가는 길이 40분 걸렸다. 택시를 잡아야 하는데 짐을 보더니

아무도 태워주지 않았다. 결국 짜증이 폭발했다. 차오후이에게 퍼부었다.

"왜 주는 대로 다 받아와? 내가 싫다고 했으면 엄마를 설득해야 하는 거 아냐? 생각이 그렇게 없어?"

속사포처럼 쏘아대자 순한 차오후이도 얼굴이 붉어졌다.

"너랑 언니 먹으라고 주신 거잖아. 나도 무거워. 우리 엄마 성의를 무시하는 거야?"
"내가 달라고 했어? 싫다고 했잖아. 고맙지도 않아. 짜증만 난다고."

역 앞에서 한참을 싸웠다. 둘 다 씩씩거리며 뒤돌아 서 있었다. 얼마 뒤 택시 한 대가 멈췄고 겨우 기숙사로 돌아왔다. 차오후이는 가져온 짐을 방에 옮겨 주고 인사도 없이 가버렸다. 쌓여 있는 요우즈를 보니 짜증이 밀려왔다.

"저놈에 요우즈, 상해에 널리고 널렸는데. 왜 이 고생을 해야 해?"

다음날 요우즈와 먹거리를 들고 언니 집에 갔다.

"우와 먹을 거 되게 많네. 웬 요우즈야?"

"몰라 묻지 마."

말도 하기 싫어 방에 드러누웠다. 언니는 요우즈를 좋아했다. 한 입 먹더니 눈이 휘둥그레졌다.

"우와 이거 어디서 샀어? 늘 먹던 거랑 완전 다른데? 이렇게 맛있는 건 처음 먹는다."

"어휴 말도 마. 그거 때문에 죽다 살았어."

사태의 자초지종을 말했다. 언니는 차오후이 부모님의 마음 씀씀이에 감동했다.

"나 참 5살 아기도 아니고 100% 너 잘못이야. 차오후이에게 무릎 꿇고 사과해도 부족해. 내가 다 미안하다. 저런 게 동생 이라고."

언니에게 욕만 한 바가지 먹었다. 편을 들어주지 않아 심술이 났다. 밥도 먹지 않고 기숙사로 돌아왔다. 씩씩거리고 있는데 요우즈가 눈에 들어왔다. 배가 꼬르륵거렸다. 하나를 까먹으니 순간 눈이 번쩍 뜨였다. 상해에서 먹으니 차오후이의 고향에서 먹었던 것보다 100배는 맛있었 다. 왜 아주머니가 14개도 부족하다 했는지 이해가 됐다. 차오후이의 말도 언니 꾸중도 귀에 들어오지 않았다. 내 생각이 옳다고 고집했었다.

그러나 요우즈를 먹는 순간 잘못을 깨달았다. 더 챙겨주지 못해 안타까워하던 아주머니의 얼굴이 떠올랐다.

'무슨 짓을 한 거지? 난 호의를 받을 자격이 없는 사람이야.'

역 앞에서 차오후이에게 마구 퍼부은 게 떠올랐다. 깊은 후회가 들었다. 미안하고 부끄러웠다. 입이 열 개라도 할 말 없었다. 곧장 차오후이를 찾아갔다. 차오후이는 내 쪽을 보지 않고 땅만 응시했다. 겪어보지 못한 냉기가 감돌았다.

"미안해 철이 없었어. 백번 천 번 사과해도 부족해. 모든 게 내 잘못이야. 반성하고 있어."

차오후이가 천천히 고개를 들었다. 마음이 풀렸는지 눈빛이 부드러워졌다. 피식하고 웃었다. 고맙게도 못난 친구를 너그러이 받아주었다. 그 뒤로 짜증을 내면 차오후이가 '요우즈'를 외쳤다. 듣는 순간 입을 다물었다. 일종의 '짜증 패스권'이었다.

'요우즈'는 특별한 의미이다. 반성과 감사의 상징이다. 중국에 갈 때마다 요우즈를 먹는데, 그때마다 아주머니가 떠오른다. 부끄러워지며 또 반성한다.

'타인의 호의를 가볍게 여기지 말자' 오늘도 다짐한다.

3장

어학 공부 점프의 기술

1

개인 과외를 받을 돈이 없어서

"치망순역지齒亡脣亦支"

'이가 없으면 잇몸으로 대신한다'라는 성어다. 살다 보면 계획대로 되지 않는다. 상황이 안 될 때도 있다. '플랜A'가 안 되면 '플랜B'를 생각해야 한다. 둘 다 안되면 또 다른 돌파구를 찾아야 한다. 찾으면 언제나 길은 있다.

처음에 중국어를 포기하고 싶었을 때 요꼬의 포스트잇에 힘을 얻었다. 마음을 다잡고 천천히 공부했다. 중국에 간지 한 달 정도 되자 공부하는 패턴을 익히게 됐다. 기본 단어는 말하는 수준에 도달했다. 요꼬와 대화는 모두 중국어로 하게 됐다.

"어디가?"

"몇 시에 들어와?"

"밥 먹을래?"

"청소할까?"

단순한 대화였다. 이 정도만 해도 생활하는 데 문제없었다. 처음에 비하면 일취월장한 수준이었다. 예습 복습을 반복하니 아는 단어가 많아졌다. 외우는데도 요령이 생겼다. 어느 정도 할 수 있게 되니 또 다른 문제가 보였다.

'발음'이었다. 처음에는 기본 소통만 되면 소원이 없었다. 기초 의사 전달이 되니 어색한 발음이 거슬렸다. 자연스럽게 발음하고 싶은 욕심이 생겼다. 발음 교정이 필요했다. 중국어는 성조와 어려운 발음이 몇 개 있다. 이걸 얼마나 잘하느냐에 따라 중국어 실력이 판가름 나는데, 반복 연습해야 자연스럽게 흘러나온다.

중국어 성조는 4개이다. 1성은 일정한 음이다. 2성은 갈수록 올라가는 음이다. 4성은 밑으로 팍 떨어트리는 음이다. 1, 2, 4성은 어렵지 않았다. 3성이 문제였다. 3성은 내려갔다 다시 올리는 음이다. 저음까지 내렸다가 급격히 고음으로 올려야 한다. 1초 만에 내렸다가 올려야 하니 까다로웠다. 성조, 발음 연습은 시끄러우니 운동장에서 했다. 발음 요령이 없어 가슴, 목에 힘이 들어갔다. 연습이 끝나면 상반신 근육이 다 아팠다.

처음 수영을 배울 때 계속 가라앉았다. 빠지기 싫어 버티다 보니 힘이 더 들어갔다. 힘을 주니 더 빠졌다. 어느 정도 수영을 할 수 있게 되니 힘이 들어가지 않았다. 온몸에 힘을 빼고 누워 물 위를 둥둥 떠다녔다. 중국어도 똑같다. 발음이 익숙하지 않아 몸에 힘이 들어갔다. 안되는 성조와 발음을 억지로 하다 보니 근육이 경직됐다. 두들겨 맞은 듯 가슴이 욱신거렸다.

"중국 사람들은 아파서 종일 말을 어떻게 하는 거야?"

고통의 언어였다. 처음에는 정신적 고통을 주더니 육체적 고통도 따라왔다. 한 시간 연습하면 가슴에 돌덩이를 올린 것 같았다. 갈비뼈가 아파 숨 쉴 때마다 통증이 전해졌다. 목에서 쇳소리가 흘러나왔다. 위궤양 환자처럼 가슴을 부여잡고 기숙사로 돌아갔다. 그때는 힘 빼는 법을 몰랐다. 발음이 정확한지도 알 수 없었다. 맞는지 틀리는지도 모른 채 반복했다.

꽃게를 좋아하는데 싫어한다. 들인 노력에 비해 먹을 게 너무 없어서이다. 그때의 중국어가 그랬다. 열심히 하는 데 노력보다 결과가 부실했다.

교정이 필요했다. 학교 수업은 매일 3시간이었다. 독해, 회화, 듣기 수업 각 50분씩이었다. 회화 수업 중에 선생님이 발음 교정을 해주었다. 10명이 다들 조보라 총체적 난국이었다. 한국인은 그나마 잘하는 편이었다. 중국어로 '맞다對'가 '뚜에이부치'이다. 프랑스 친구는 발음이 되지 않아 '두이부쥐이'라고 했다. 중국어인데 프랑스어처럼 들렸다. 그 친구 교정에만 10분이 걸렸다. 50분 동안 모두를 교정하기란 한계가 있었다. 수업이 끝날 때쯤이면 선생님은 영혼이 빠져나가 있었다. 처진 어깨로

터덜터덜 걸어 나갔다. 다른 선생님을 찾아야 했다.

요꼬가 떠올랐다. 아는 유학생 중에서 가장 중국어를 잘했다. 언제나 물어볼 수 있으니 최적의 환경이었다. 한 가지 문제가 있었다. 요꼬가 중국어를 잘했지만, 외국인이다 보니 중국인과 차이가 있었다. 일본인 특유의 억양이 있었다. 중국인에게 정확한 발음을 배우고 싶었다.

중국인에게 개인 과외를 받는 방법이 있었다. 시간당 100원한화 17,000원이었다. 하지만 과외도 금전적 여유가 있어야 가능했다. 당시 한 달에 한화 20만 원으로 생활했다. 잘 사는 유학생은 월 한화 100~150만 원을 썼다. 이런 애들이 과외를 받았다. 대부분 알코올 파였다. 한식 파들은 월 한화 40만 원 정도 썼다. 한국식당에 가면 인당 한화 15,000원 정도 들었다. 이틀에 한 번은 한국식당에 가니 월 한화 40만 원도 풍족하지 않았다.

월 한화 20만 원으로 생활이 가능

했던 이유는 중국 음식이 입에 잘 맞았다. 매일 학교 식당에서 먹었다. 볶음밥 한 그릇이 중국 돈으로 1원한화 170원이었다. 여러 요리도 작은 접시 담아 팔았다. 채소 요리는 1원, 고기 요리는 2원이었다. 보통 볶음밥 1개, 고기 요리 1개, 채소 요리 2개 이렇게 먹었다. 5원한화 850원이면 충분했다. 학교 식당이 지겨우면 후문에서 먹었다. 중국 학생들이 자주 가는 싸고 맛있는 식당이 있었다. 요리당 6~10원한화 1000원~1700원이었다. 요리 두 개와 밥 하나 먹으면 한화 3000원 정도였다. 중국 학생들과 똑같이 살았기 때문에 월 한화 20만 원으로 충분했다.

한 끼에 쓰는 돈이 한화 850원인데 시간당 한화 1700원인 과외비가 비싸게 느껴졌다. 한 달에 최소 30시간은 받아야 했다. 생활비 2배 정도를 과외비로 쓰자니 아까웠다. 부모님도 여유가 없으셨다. 가기 전에 유학비를 걱정하셨다. 학비, 기숙사비 제외하고 월 20만 원이면 충분하다고 설득했었다. 또다시 손 벌리기가 죄송했다.

남은 돌파구는 하나밖에 없었다. '중국인 친구를 사귀어야 한다.' 마지막 남은 방법이었다.

2

❀

후문에 가고 싶은데···

중국인 친구를 사귀어야 했다. 유학생이 개인적으로 아는 중국인은 과외 선생님이 대부분이었다. 학교에 '대외한어과'가 있었다. 외국인에게 중국어 가르치는 방법을 배우는 학과이다. 대외한어과 석·박사생들이 어학당 선생님을 맡고 있었다. 학부생은 유학생 과외로 용돈을 벌었다. 이런 학생은 시간이 돈이었다. 과외받을 것도 아닌데 사적으로 친구가 된다는 게 힘들었다. 아무리 둘러봐도 중국인 친구가 있는 유학생이 없었다. 주변을 통해 친구를 소개받기란 불가능했다.

다른 방법이 없었다. 소개받을 수 없다면 스스로 만들어야 했다. 얼굴에 철판을 깔고 밖을 나갔다. 학교 식당 앞에서 사람들을 관찰했다. 아무나 잡을 순 없었다. 교류하려면 어느 정도 호감이 있어야 했다. 남녀 상관없이 좋은 느낌이 들면 말을 걸기로 했다. 일종의 헌팅이었다. 한 번도 해본 적 없었다.

> '길에서 이상형을 만나도 말 한번 못 걸었는데 중국 와서 헌팅이라니? 이렇게까지 해야 하나?'

자괴감이 들었다. 지나가는 사람과 눈이 마주쳤다. 속내를 들킨 것 같아 얼른 눈을 피했다. 얼굴이 화끈거렸다. 머릿속 두 자아가 치열하게 싸웠다.

> '그냥 부모님께 공부 열심히 하겠다고 하고, 과외비 달라고 해.'
> '한 달에 40시간은 해야 효과 있을걸? 과외비만 68만 원이라고! 체면 따지지 말고 말 걸어.'

식당 앞에서 머리를 쥐어뜯으며 왔다 갔다 했다. 초조하게 손톱을 물어뜯었다. 누가 봤으면 화장실이 급한 줄 알았을 것이다. 모르는 사람에게 말 걸기가 쉽지 않았다. 보통 용기로 힘들었다. '도를 아십니까?' 는 대단한 사람들이었다. 그들이 부럽긴 처음이었다. 몇 명의 사람이 지나갔다.

> '청결은 최우선이야. 까치집 저 사람은 아냐.'
> '저 여자는 소심해 보이네. 말 걸면 당황하겠지? 패스.'

'나이가 많아 보이네 교수님인가? 안돼.'

면접관도 아닌데 혼자서 심사숙고했다. 용기가 없어 계속 핑계를 만들었다. 시간이 흘렀다. 멀리서 뽀얀 얼굴에 잘생긴 남학생이 혼자 걸어오고 있었다. 선한 인상이었다. 길을 물으면 친절하게 알려줄 것 같았다.

'말을 걸까? 말까?'

머뭇거리는 사이에 어느덧 앞으로 다가왔다. 눈이 마주쳤다. 쭈뼛거리는 모습이 이상하게 보였는지 눈을 크게 뜨며 나를 응시했다. 그 눈빛에 용기를 얻어 입을 열었다.

"저기…. 전 한국인인데 후문에 가고 싶은데 길을 모르겠어요."

후문은 이미 주 활동 지역이었다. 이미 양꼬치, 밀크티 집의 VIP가 아닌가? 양심에 찔렸다. 때로는 하얀 거짓말도 필요한 법이었다. 양심은 잠시 주머니에 넣었다. 그는 웃으며 친절하게 알려줬다.

"직진으로 쭉 가서 다리가 보이면 왼쪽으로 가요. 가다가 동상이 보이면 오른쪽으로 돌아서 쭉 가요, 다시 왼쪽이에요."

가장 큰길을 알려주었다. 거기서 후문 가는 제일 빠른 길은 건물 사이에 있는 지름길이었다. 길이 복잡하긴 했지만 직선코스였다. 당시 후문으로 가는 모든 길을 파악하고 있었다. 때로는 모르는 게 약이다.

"음···. 모르겠어요, 복잡해요."

고개를 갸우뚱거리며 이해 못 하는 표정을 지었다. 그는 잠시 생각하더니 같이 가자고 했다. 의지와 상관없이 콧구멍이 커졌다. 자꾸 웃음이 흘러나와 입술을 깨물었다. 가벼운 발걸음으로 따라나섰다. 후문은 20분 정도 가야 했다. 가면서 신상에 관해 이야기했다.

그 친구가 바로 2장에서 소개한 '차오후이'이다. 4살 많은 체육교육학과 석사생이었다. 첫인상은 친절하고 예의 바른 잘생긴 청년이었다. 후문에 도착해 물 하나를 샀다. 양꼬치 집을 지날 때 주인이 인사를 할까봐 조마조마했다. 얼굴을 가리고 빠르게 지나갔다. 다행히 아저씨가 보지 못했다. 거짓말도 아무나 하는 게 아니었다. 차오후이의 기숙사가 내 기숙사 옆이라 같이 돌아왔다. 헤어질 때 차오후이가 연락처를 적어주었다.

"도움이 필요하면 언제든 연락해요."

두 손으로 황송하게 받았다. 기숙사로 가는 길에 절로 콧노래가 나왔다. 피식피식 웃음이 새어 나왔다. 하늘을 보았다. 그 날따라 유난히 파란색이었다. 푸른 미래가 펼쳐져 있는 듯했다. 다음날, 고맙다는 핑계로 차오후이에게 연락했다. 같이 점심을 먹었다. 차오후이는 정적인 성격으로 단체생활을 좋아하지 않았다. 체육학과는 같이 어울리는 분위기인

난징시루 번화가 거리

데 그런 게 싫다고 했다. 조용히 공부하는 걸 좋아했다.

> "나도 시끄러운 게 싫어서 혼자 밥 먹어. 매일 점심 같이 먹
> 을래?"

나도 모르게 말이 튀어나왔다. 고백한 것도 아닌데 심장이 쿵쿵거렸다. 차오후이는 해맑게 웃으며 좋다고 했다. 그 뒤부터 일과가 정해졌다. 매일 점심을 같이 먹었다. 그날 배운 중국어를 바로 사용했다. 밥 먹고 도서관에서 각자 공부했다. 점심만 먹기로 했는데 저녁까지 먹게 되었다. 저녁 먹고 나서 또 교정을 받았다. 9시쯤 기숙사로 돌아와 자정까지 예습하고 잤다. 매일 반복이었다.

차오후이를 알게 되고, 일상은 중국어로 가득 찼다. 본격적으로 공부하게 되었다. 그가 없었다면 지금의 나도 없었다. 나의 중국어 실력 9할은 그의 지분이다. 중국어를 생각하면 항상 그가 떠오른다. 그는 좋은 친구이자 위대한 스승님이었다.

3

친구가 답이다

누구나 경쟁심을 가지고 있다. 경쟁심은 종종 발전의 원동력이 된다.

차오후이와 친구가 된 다음 날이었다. 얼른 자랑하고 싶어 엉덩이가 들썩였다. 평소보다 30분 일찍 수업에 갔다. 같은 반에 한국인이 4명 있었다. 2명은 주재원 남편을 따라온 50대 아주머니였다. 선생님 말씀을 알아듣지 못해서 수업 내내 전달을 했다. 그러다 보니 반에서 제일 친했다. 호칭이 애매해서 그냥 '왕언니'라고 불렀다. 거리감 없이 대하니 무척 좋아했다. 매일 한국 음식을 주었다. 반찬, 떡, 김밥, 부추전, 떡볶이, 과자, 음료수 등등. 황금 같은 음식이었다.

한 명은 2살 위인 영호였다. 아버지가 서울에서 무역회사를 운영했다.

중국어를 배우라고 집에서 강제로 보낸 거였다. 중국에 온 지 1년이었지만 중국어 실력은 미미했다.

마지막은 30대 중반 언니였다. 일본에서 오랜 직장 생활로 일본어를 잘했다. 일본인하고만 교류했기에 별명이 '일본 언니'였다. 일본어 자부심이 강했다. 중국어도 일본어 수준으로 하겠다고 열심히 했다. 평소 일본어 공부 방법을 자주 이야기했다. 중국어도 금방 배울 거라고 자신만만했다. 감정이 얼굴에 바로 드러나는 순수한 성향이었다.

> "왕언니들 저 중국 친구 생겼어요! 앞으로 자주 만나서 중국
> 어 연습하려고요."
> "어머, 잘됐다 축하해!"
> "역시 용기 있는 자가 친구를 얻네."

왕언니들이 손뼉을 치며 기뻐했다.

> "나보다 중국어 더 잘하면 안 되는데, 큰일이네."

영호가 농담하며 피식 웃었다. 갑자기 뒤에 있던 일본 언니가 정색하며 딴지를 걸었다.

> "야! 내가 일본어 해봐서 아는데, 나처럼 대외한어과 학생에
> 게 과외를 받아야지. 일반 학생이랑 말해서 발음 망치면 어

쩔래? 나중에 고치려면 힘들다. 후회하지 마! 나라면 절대로
안 만나!"

그 언니는 매일 한 시간 과외를 받았다. 금전적 여유가 있었다. 나는
경제적으로 풍족하지 않아 차선책이 '친구 사귀기'였다. 그 언니 말을
들으니 기가 팍 죽었다. 일본어를 해봤으니 일리 있어 보였다.

'저 언니 말이 맞으면 어떡하지?'

최종 목표를 떠 올렸다. 도달하고 싶은 수준은 아나운서가 아니었다.
평범한 중국인처럼 말하고 싶었다. 그 정도만 돼도 대성공이었다.

'그럼 일반 학생에게 배워도 되는 거 아닌가?'

헷갈렸다. 일본 언니가 우리 반에서 제일 잘했다. 일본어를 했으니 공
부 요령이 있었다. 주목받는 걸 좋아해 어디서든 일등이어야 직성이 풀
리는 성격이었다. 그 언니의 빈정대는 말투가 마음속 무언가를 건드렸
다. 경쟁심이 생겼다. 점심때 차오후이를 만나 말했다.

"반 언니가 대외한어과 아닌 사람과 말하면 발음 다 망가진
데. 절대 만나지 말래. 진짜야?"

차오후이가 어이없는 표정을 지었다. 실소를 터트리며 고개를 흔들었

다. 상해 화동 사범대 어학당에 다니고 있었기에 그 학교의 재학생은 모두 교사를 꿈꾸고 있었다.

"사범대는 표준어가 필수야. 모든 학과가 발음 시험을 쳐. 그걸 통과해야 졸업할 수 있어. 대외한어과가 문법 설명은 잘하겠지만 발음은 어느 학과나 비슷해."

"그럴 줄 알았어. 짜증 나. 열심히 공부해서 그 언니 이기고 싶어."

차오후이 표정이 진지해졌다. 눈빛이 날카롭게 돌변했다.

"공부 도와줄까? 그 사람은 나도 무시한 거야"

중국인은 체면을 중시한다. 그 언니의 말은 차오후이 체면을 깎아내린 거였다. 뜻밖에도 그 일이 차오후이와 중국어 공부를 시작하게 된 계기가 되었다. 차오후이가 혹독하게 가르친 것도 절반은 그 언니 덕분이었다.

2개월 후, 반 친구들과 비교도 할 수 없는 수준에 도달했다. 차오후이와 종일 대화하니 수업에서 배우지 않은 어휘력도 갖추게 되었다. 선생님과 농담을 주고받는 실력이 되었다. 선생님은 늘 본문 읽기를 시켰는데 잘하는 사람 순서대로 시켰다. 일본 언니가 늘 첫 번째였다. 차오후이와 공부하고 한 달이 지나자 일본 언니와 번갈아 첫 번째를 했다. 두 달이 지나자 완벽한 첫 번째가 되었다. 일본 언니는 인정하지 않았다. 선생님이 칭찬하면 입을 삐죽거리며 관심 없다는 듯 창밖을 봤다. 3개월이 지나고 학기가 끝나갈 때쯤이었다. 평소처럼 첫 번째로 본문을 읽었다. 선생님이 극찬했다.

"발음이 중국인 같아요. 다른 친구들은 본받아요."

기분이 으쓱했다. 시끌벅적한 분위기 속에서 언니 쪽을 힐끗 보았다. 평소처럼 창밖을 보고 있었다. 그 순간 나지막이 읊조리는 소리를 들었다.

"흠~ 중국인 친구가 답인가?"

최후에 웃는 자가 승자였다. 돈은 친구를 이길 수 없었다. 과외 1시간과 친구 9시간은 애초부터 게임이 안 됐다. 그 후 일본 언니는 완벽히 패배를 인정하고, 중국인 친구 소개를 부탁했다. 차오후이가 일본어에 관심 있는 친구를 연결해 주었다. 그 언니 덕에 차오후이와 공부를 열심히 했으니 고마운 사람이다. 언니가 어디에 있던 그때처럼 열정적으로 살았으면 좋겠다.

4

꘿

속도에 욕심내면 넘어진다

중국어를 배울 때 초·중급자가 저지르는 치명적인 실수가 속도에 욕심내는 것이다. 속도에 집착하는 순간 발음이 망가진다. 한번 어긋난 발음은 바로 잡기 힘들다. 경험에 비춰볼 때 중국어 발달 단계가 있다.

1단계 : 단어를 나열해 소통한다.

2단계 : 간단한 문장을 말할 수 있다. 뿌듯함을 느낀다.

3단계 : 2~3개 문장을 연결해서 말할 수 있다. 중국어에 자신감이 붙는다.

4단계 : 혼자서 1분 정도 말할 수 있다. 발음 교정이 필요한 단계지만 의사소통은 문제없다.

5단계 : 발음이 자리 잡고 속도가 붙기 시작한다.

6단계 : 자유자재로 말할 수 있다. 발음과 속도가 안전된다.

3, 4단계가 초급에서 중급으로 넘어가는 시기이다. 이 단계가 가장 위험하다. 자신감이 붙어 속도에 욕심낸다. 이 단계에서 사고가 난다. 마치 스노보드와 같다.

처음 스노보드 배울 때 재미있어 매주 스키장에 갔다. 초보 때는 자리에서 일어나는 것도 힘들어 다칠까 천천히 탔었다. 일직선으로 내려가는 것은 속도가 붙기 때문에 위험해서 고급자만 할 수 있는 기술이다. 초·중급자들은 슬로프를 지그재그로 속도를 조절해서 가야 한다. 이 단계를 반복해 기본 동작을 확실히 익혀야 한다. 그 후에 속도는 자연스럽게 붙는다. 기본 동작이 되고 원하는 방향으로 갈 수 있게 되자 자신감 생겼다. 주변을 보니 고수들이 일직선으로 빠르게 내려갔다. 멋져 보였다. 할 수 있을 것 같았다. 일직선으로 속도를 내기 시작했다. 속도가 붙으면 제동을 걸어 조절해 주어야 하는데 그대로 내려갔다. 속도가 너무 붙자 브레이크를 잡으려 해도 제어가 안 됐다.

"꽈당 퍽~"

얼음 덩어리에 걸려 2m를 날아갔다. 결과는 꼬리뼈 골절이었다. 깁스가 안 돼서 자연치유를 해야 했다. 6개월 동안 제대로 앉을 수 없었다. 속도에 욕심낸 결과는 가혹했다. 그 뒤로는 절대 속도에 욕심내지 않았다.

중국어도 마찬가지다. 어느 정도 할 수 있게 되면 의사전달은 가능하지만, 어색한 발음과 느린 속도에 답답함을 느낀다. 말을 천천히 하면 중국어를 못 하는 사람처럼 보일까 봐 조급해진다. 중국인은 말을 빨리 한다. 상대적으로 어눌하게 느껴진다. 빠른 속도가 유창한 것이라 착각 한다. 욕심이 생긴다. 속도를 붙여 말한다. 발음이 무너지기 시작한다.

같은 반이었던 일본 언니가 그랬다. 처음에 발음이 정확했다. 우리 반에서 제일 잘했다. 차오후이와 공부 한 지 한 달이 지나자 실력이 비슷해졌다. 이때부터 언니가 조급함을 느꼈다. 속도에 욕심내기 시작 했다. 발음이 비슷하니 속도를 빨리해서 좀 더 유창한 중국어처럼 보 이고 싶어 했다. 본문을 빠른 속도로 읽었다. 선생님이 천천히 읽으라 고 계속 주의를 주었다. 잠시 느려질 뿐 또 속도를 붙였다. 어느 순간 선생님도 지적하지 않았다. 한 달이 더 지나자 엄청난 일이 일어났다. 언니의 발음이 완전히 망가졌다. 본문을 읽을 때면 선생님이 난처한 표정을 지었다.

"천천히 해요. 예전보다 발음이 이상하게 변했어요."

영수증이 중국어로 '파피아오'이다. 이걸 빨리하다 보면 "파표"처럼 들린다. '파피아오' 발음이 잡혀서 빨리하는 것과 처음부터 '파표' 라 고 하는 것은 천지 차이다. 누가 들어도 이상한 발음이 된다. 그 언니 의 발음이 '파표' 같았다. 속도에 집착하다 보니 기본 발음이 무너져 내렸다.

난 언니가 속도를 욕심낼 때 흔들리지 않았다. 내가 원하는 건 속도가 아니라 정확한 발음이었다. 느려도 또박또박 한 자씩 읽어 내려갔다. 점점 발음이 안정되었다. 발음이 잡히자 속도는 저절로 붙었다. 빨리 이야기해도 발음이 흔들리지 않았다. 언니는 뒤늦게 천천히 읽기를 연습했다. 빠르게 읽는 게 습관이 돼서 생각처럼 잘 안 됐다. 학기가 끝날 때까지 교정되지 않았다.

아기가 '안녕하세요'를 배울 때 엄마가 한 글자씩 확실히 알려준다. 아기도 한 글자씩 힘주며 연습한다. 반복하다 보면 자연스러운 '안녕하세요'가 나온다. 발음이 완성되면 속도는 자연스럽게 붙는다. 만약 처음부터 '안냐세요'라고 가르친다고 해보자. 어린이가 됐을 때 인사하는 발음을 들으면 누구나 이상하다고 생각할 것이다.

중국어도 똑같다. 기초공사가 중요하다. 느려도 한 글자씩 정확하게 발음해야 한다. 반복하다 보면 어느 순간 입에 착 달라붙어 자연스러운 발음이 나온다. 기초 발음이 다져지지 않았는데 속도에 욕심내면 발음이 무너지게 된다. 모래 위에 지은 집이다. 초기에 이상한 발음이 굳어버리면 고치기 힘들다. 정확한 발음으로 기초를 세워야 한다. 기초가 탄탄한 집은 지진에도 무너지지 않는다.

토끼와 거북이를 기억하자! 거북이처럼 우직하게 천천히 발음을 다져야 한다. 속도에 욕심내는 순간 목표지점은 점점 더 멀어진다.

5

반복의 힘을 믿자

나의 일상은 지극히 단조로운 날들의 반복이었다.

잠자고 일어나서 밥 먹고 연습,

자고 일어나서 밥 먹고 다시 연습,

어찌 보면 수행자와 같은 하루하루를 불태웠을 뿐이다.

조금 불을 붙이다 마는 것이 아니라,

재까지 한 톨 남지 않도록 태우고 또 태웠다.

그런 매일 매일의 지루한, 그러면서도 지독하게 치열했던

하루의 반복이 지금의 나를 만들었다.

— 강수진, 『나는 내일을 기다리지 않는다』에서

한 분야에서 성공한 사람은 미련할 정도로 반복한다. 강수진이 그랬

고 김연아가 그랬다. 반복의 힘을 알기 때문이다. 중국어 공부는 지독한 반복의 연속이었다. 하루하루가 복사기로 찍어낸 듯 똑같았다.

9시 ~12시 : 학교 수업
12시~14시 : 점심 식사, 발음 연습
14시~19시 : 도서관, 한자 쓰기, 단어 암기
19시~21시 : 저녁 식사, 발음 연습
21시~22시 : 기숙사 복귀, 샤워
22시~24시 : 예습, 한자 쓰기, 단어 암기

토요일은 유일한 쉬는 날이었다. 언니 집에 가거나 여기저기 놀러 갔다. 일요일은 도서관에서 다음 주 공부할 내용을 예습했다.

차오후이와 점심 먹을 때 대화도 늘 비슷했다.

"오늘 뭐 배웠어?"
"물건 살 때 쓰는 말 배웠어."
"해봐."
"얼마예요? 깎아주세요. 다른 종류가 있나요? 더 큰 거 주세요. 마음에 들어요."
"발음 틀렸어. 다시 해봐."

틀린 발음은 즉시 교정해줬다. 차오후이는 평소 어리숙했다. 가르칠

때는 눈빛이 매섭게 돌변해 호랑이 선생님이 되었다. 목소리도 근엄해졌다. 학교에서 있었던 이야기를 하며 밥을 먹었다. 말하는 중간에 발음이 틀리면 그냥 넘어가지 않았다. 이야기를 멈추고 틀린 단어를 10번 외쳐야 했다. 밥도 못 먹고 그 자리에서 바로 말했다. 만족스럽지 않으면 20번을 시켰다. "통과"를 외치면 다시 밥을 먹었다. 밥을 다 먹는 데 한 시간이 걸린 날도 있었다. 누군가 그 모습을 봤다면 진짜 이상했을 것이다. 식탐이 있는 편인데 그땐 밥보다 중국어 욕심이 앞섰다. 불평 없이 시키는 대로 무조건 따라 했다.

길을 걸을 때는 숫자를 연습했다. 식당에서 도서관까지 10분 거리였다. 식당 문을 나서는 순간 카운트다운이 시작된다.

"1, 2, 3, 4, 5…… 109, 110, 111."

차오후이는 발음을 확인하며 걸었다. 중간에 틀린 부분이 있으면 그 부분을 반복시켰다. 숫자를 연습하면 좋은 게 모든 성조가 들어있다. 권설음이라고 혀를 말면서 내는 소리가 있는데 외국인이 제일 어려워하는 발음이다. 이 발음도 들어있으므로 자연스럽게 연습이 된다.

똑같은 일상의 반복이었지만 지루하지 않았다. 하루하루가 새로웠다. 배우는 단어가 다르고 내일은 오늘보다 더 성장해 있었다. 실력이 올라가는 게 보이니 신이 났다. 안되던 발음도 반복하니 자연스럽게 흘러나왔다. 어떤 날은 이동하는 내내 같은 단어만 말한 적도 있다. 1000번은 넘었을 것이다. 그렇게 반복하니 툭 치면 나오는 수준이 됐다.

이런 습관은 지금도 변함없다. 혼자 길을 걸을 때면 숫자를 말하거나 까다로운 발음을 중얼거린다. 간혹 사람들이 이상한 눈길로 보긴 하지만 익숙해서 신경 쓰지 않는다. 이 소리를 듣고 중국 관광객들이 말을 건넨 적이 있었다. 어느 날 신촌을 지나는데 중국 관광객이 고깃집을 찾고 있었다. 말이 통하지 않아 헤매고 던 중, 중얼거리는 중국어를 듣고 말을 건 것이었다. 주변 맛집을 알려주었다. 하루 일정을 보여주며 점검해 달라고 했다. 동선이 비효율적인 곳이 있어 다른 곳을 추천해 주었다. 밝은 미소로 감사 인사를 건넸다. 감사하는 표정을 보니 보람 있었다.

"역시 중국어 공부하길 잘했어!"

알 수 없는 중얼거림이 누군가에게는 구원의 목소리가 되는 것이다. 소소한 에피소드에서 뿌듯함을 느낀다.

처음에는 반복의 힘을 몰랐다. 할 방법이 반복 외에는 없었기 때문에 그저 우직하게 했을 뿐이다. 지나고 나니 반복보다 더 좋은 방법은 없었다.

잊지 말자! 중국어를 배우는 가장 빠른 길은 반복으로 만들어져 있다.

6

❀

12 : 3의 법칙

강의할 때 이런 질문을 자주 받았다.

"중국어를 단기간에 마스터하는 방법이 뭐예요?"
"하루 12시간, 중국어만 해."

중국어는 투자한 시간 만큼 결과를 가져다준다. 예체능처럼 재능을 타고난 사람이 유리한 분야가 아니다. 누구나 일정 시간을 투자하면 그 만큼의 결과를 얻을 수 있다. 물론 선천적으로 언어 감각이 좋은 사람이 있다. 남과 똑같이 공부해도 단기간에 습득한다. 하지만 속도의 차이일 뿐 최종 결과는 비슷하다.

"난 언어 감각이 없어서 중국어 배우는 게 좀 힘들지 않을
까?"

이렇게 생각하는 사람이 있다면 절대 아니다. 느릴 수는 있지만 결국
은 할 수 있다. 예를 들어 3살과 4살 꼬마가 있다. 4살이 3살보다는 이
해력이 높고 말을 잘할 것이다. 5년이 지나, 9살과 10살이 되었을 때
어휘력에 큰 차이가 있을까? 없다. 대화 수준이 비슷하다. 10살이 9살보
다 1년 더 배웠다고 해서 연설문 쓰는 수준으로 도달하지 않는다. 언어
감각은 이와 같다. 남들보다 빨리 습득할 수도 있지만 조금 일찍 결승점
에 도착하는 것이다. 결승점에서 다시 하늘로 뛰어 올라가지 않는다. 중
국어를 배울 때 변호사나, 정당 대변인을 목표로 하는 사람은 없다. 대
부분 일상 회화를 목표로 한다. 이 수준은 시간의 문제일 뿐 누구나 도
달할 수 있다. 각자의 습득 속도에 따라 언젠가는 일정 수준에 도달한
다.

학창시절 영어를 싫어했다. 시제 변형, 복잡한 문법, 숙어 등등 다 싫
었다. 시험을 쳐야 하니 억지로 외우긴 했지만, 성적이 만족스럽지 않았
다. 고등학교 3년 내내 영어 성적표를 보며 생각했다.

'언어 감각이 없나 봐.'

중국어를 시작할 때도 이 생각이 걸림돌이었다. 감각이 없는데 과연
할 수 있을까? 시작하기도 전에 자신이 없었다. 하다 보니 한 만큼 실력

이 올라갔다. 보람이 있으니 더 열심히 하게 됐다. 영어와 중국어는 다르다. 중국어는 한자이다. 한국어는 70% 이상이 한자어이다. 이미 한국인에겐 기본 어휘가 깔려있다. 처음에 방대한 한자와 힘든 발음으로 중국어가 어렵게 느껴진다. 초급만 벗어나면 중국어는 굉장히 쉽다. 한국어와 똑같은 단어가 많아 처음 봐도 뜻을 알 수 있다. 영어보다 훨씬 쉽다.

단기간에 중국어 실력을 올리고 싶으면 시간을 투자하면 된다. 많이 하는 게 가장 빠른 길이다. 배운 기간이 얼마나 긴지는 상관이 없다. 얼마의 시간을 투자했는지가 중요하다. 예를 들어 두 사람이 있다.

A : "1년 공부했습니다."
B : "3개월 공부했습니다."

누가 중국어를 더 잘할까? 당연히 모든 사람이 A라고 생각할 것이다. 그렇다면 이건 어떨까?

A : "하루 1시간, 1년 공부했습니다."
B : "하루 15시간, 3개월 공부했습니다."

과연 누가 중국어를 더 잘할까? 좀 헷갈릴 것이다. 단언컨대 B가 A보다 훨씬 잘한다. A의 입장에는 자존심이 상할 수 있다.

"석 달 한 풋내기에게 지다니…. B는 감각을 타고났나 봐….
분하다."

'일 년'이라는 기간에 함정이 있다. 사람들은 착각한다. 시작한 시점
에서 현재까지 계속 공부했다고 생각한다. 공부에 투자한 시간을 따지
면 A는 365시간이지만 B는 1365시간91일이다. A는 자존심이 상할 필요
가 없다. 당연한 결과이다. 투자한 시간과 학습 결과가 정비례한다.

첫 학기 마지막 날, 같은 반 영호가 농담으로 이런 말을 했다.

"난 1년 6개월 공부했는데, 6개월 한 네가 훨씬 잘하니까 자
존심 상하네."

이 말은 틀렸다. 영호는 중국에 온 게 1년 6개월이었을 뿐이다. 그
기간 내내 공부한 것이 아니다. 한 학기 수업은 일일 3시간, 주 5일, 15
주이다. 한 학기에 225시간의 수업이 진행된다. 영호는 수업시간 외에
공부하지 않았다. 영호는 1년 6개월 동안 총 675시간의 중국어 수업을
받았다.

나는 6개월 동안 학교 수업 외에 하루 10시간 이상의 중국어 공부를
했다. 그렇다면 6개월 동안 중국 수업 225시간 + 수업 외 공부 1820시
간, 2045시간을 중국어에 투자했다, 영호는 675시간, 나는 2045시간이
다. 당연히 내가 이기는 게임이다. 영호는 자존심 상할 이유가 없다. 언

제부터 시작했는지는 상관없다. 하루 몇 시간을 중국어에 투자했느냐가
중요하다.

"하루 12시간, 3개월."

니하오에서 시작해 프리토킹이 되기까지 걸린 시간이다. 중국어를 3
개월 안에 하고 싶다면 방법은 딱 하나이다. 하루 12시간, 3개월만 하면
일상 회화는 누구든지 마스터 할 수 있다.

7

중국 초등학생의 공부법

'이란격석以卵击石'

계란으로 바위 치기를 뜻하는 성어이다. 대항해도 도저히 이길 수 없는 경우를 비유적으로 이르는 말이다. 처음 중국어를 접했을 때 이런 기분이 들었다. 한자에 대한 압박 때문이었다.

한국어, 영어, 일본어는 글자에 발음이 나타나 있다. 기본 글자만 알면 뜻을 몰라도 읽을 수 있다. 중국어는 다르다. 한자는 발음이 없고 뜻만 표시된다. 한자마다 발음을 따로 외워야 읽을 수 있다. 한자 수가 적은 것도 아니다. 사전에 수록된 한자 수는 5만 개 이상이다. 기본 상용한자가 3000개이다. 학습자가 처음 중국어를 시작할 때 경악하는 부분이다. 한자의 벽 앞에서 다수가 배우기를 포기한다.

'성조'도 생소한 개념이다. 한국어는 성조가 없다. 중국어는 4개 성조가 있다. 하나의 한자에는 발음과 성조가 있다. 발음이 정확해도 성조를 다르게 말하면 다른 뜻이 된다, 성조가 정확해도 발음이 틀리면 다른 뜻이나 없는 말이 된다. 중국어를 말할 때 발음과 성조를 일일이 대입해서 뱉어야 한다. 초보자는 머리가 어지럽다. 수천 개 한자의 뜻, 발음, 성조를 외워야 하니 도저히 넘을 수 없는 벽이었다.

중국에 간 지 얼마 되지 않았을 때 학교 근처 공원을 걷고 있었다. 어떤 백발의 할아버지가 붓에 물을 찍어 길 위에 글씨를 쓰고 있었다. 빠른 속도로 한자를 써 내려갔는데 판화로 찍은 것처럼 글씨체가 아름다웠다. 백여 개의 한자를 순식간에 적었다. 사람들이 삼삼오오 모여 구경했다. 날씨가 더우니 다 쓰고 1분 정도 있으면 글씨가 말랐다. 같은 자리에 다른 글자를 써 내려갔다. 1시간을 구경했는데 매번 다른 글자를 적었다. 구경꾼들은 글씨를 술술 읽어 내려갔다. 저 많은 한자를 자유자재로 쓰는 중국인이 위대해 보였다. 중국인의 한자 외우는 비법이 궁금했다. 나중에 차오후이에게 물어봤다.

"중국인은 한자를 어떻게 다 외우는 거야? 머리가 좋은 거야?"
"아니, 초등학교 때 죽으라고 써."

중국 초등학교 학생들은 한자와의 전쟁을 치른다. 그 과정이 아주 혹독하다. 받아쓰기 시험을 매일 한다. 틀리면 선생님께 호되게 야단을 맞는다. 선생님에 따라서 때리기도 한다. 틀린 글씨는 집에서 100번 쓰고 제출한다. 한자가 많으니 외워도 끝이 없다. 이 과정을 몇 년 한다. 한자가 어느 정도 습득되면 필체 연습을 한다. 방과 후에 몇 시간을 앉아서 연습한다. 손가락에 굳은살이 박힐 정도이다. 차오후이는 이 모든 기간이 고통이었다고 했다. 해야 하니 어쩔 수 없이 눈물을 머금고 연습했다고 했다.

이 이야기를 들으니 어린 시절이 떠올랐다. 초등학교 때 제일 싫었던 게 받아쓰기 시험이었다. 1학년 때 매일 받아쓰기 시험을 쳤었다. 항상 30점이었다. 만지라는 단짝이 있었는데 늘 빵점이었다. 어느 날 방에서 민지와 놀고 있었다. 엄마가 받아쓰기 시험지를 보시곤 화가 나서 방에 왔다.

"점수가 이제 뭐야? 30점? 말이 돼?"
"엄마 민지는 빵점이야 그 정도면 잘한 거지."

살기 위해 옆에 있는 민지를 팔았다. 친구 얼굴이 시뻘게졌다. 엄마는 어이없는 표정을 짓더니 등을 때렸다. 그날부터 받아쓰기 훈련에 돌입했다. 엄마가 불러주는 글자를 받아적고 틀리면 20번씩 연습해야 했다. 하기 싫어 온 방을 데굴데굴 굴렀다. 엄마에게 호된 야단을 맞고 나서야 눈물을 뚝뚝 흘리며 적었다. 공책이 축축해져 쓰다 보면 찢어시곤 했다.

한 달을 연습하자 100점을 받았다. 더는 연습 하지 않아도 됐다. 그 한 달은 8살 인생 최대 고난이었다. 그때 괴로움이 아직도 선명하다.

중국 초등학생 한자 공부법을 들으니 세종대왕께 감사한 생각이 들었다. 받아쓰기 시험을 칠 때마다 긴장해서 손이 떨렸다. 한 달도 공부도 괴로웠는데 중국 초등학생은 몇 년 동안 한자에 시달린다. 예전은 초등학교 때부터 시작했지만 요즘은 취학 전 기본 한자를 거의 익히고 입학한다. 어리다고 해서 특별한 방법은 없다. 고사리손에 연필을 쥐고 몇 년을 죽어라 연습해야 한다. 빠른 방법, 특별한 재능은 없었다. 피나는 훈련을 통해서 한자를 잘 쓰게 된 것이다.

중국어 수업을 하다 보면 이런 말을 종종 듣는다.

"한자가 너무 어려워요. 외워도 외워도 안 돼요."
"몇 번 적었어?"
"음…. 한 30번?"
"최소 1000번은 적어야 외워질 거야."
"헉! 1000번을 어떻게 적어요? 그래도 안 되면요?"
"일단 적어보고 안되면 다시 말해~"

학생은 실망한 얼굴로 돌아선다. 한자는 연습 없이 적을 수 없는 글자이다. 특별한 방법은 없다. 1000번 적어 안되면 2000번을 적어야 한다. 연필을 들고 직접 적어야 한다. 연필이 없을 때도 틈틈이 연습해야 한다. 지하철이나 화장실에서 손바닥에 글씨를 적어보는 것도 좋은 방법이다. 반복하다 하다 보면 머리가 아닌 손이 기억한다. 어떤 한자를 적고 싶으면 부수를 생각하지 않아도 손이 가는 대로 적으면 완성된다. 인체의 신비이다.

머리가 아닌 손이 기억하게 해야 한다. 한 글자를 1000번 이상 적으면 손이 기억한다.

8

❀

언니 진짜 짜증나요

'세상에 공짜는 없다.'

노력하는 것만큼 얻어지는 게 세상의 이치이다. 많은 사람이 어떤 사람의 좋은 결과를 막연히 부러워하고 질투한다. 운이 좋았다고 깎아내리기도 한다. 결과에 숨겨진 피눈물의 과정은 알지 못한다. 화려한 조명을 받기까지 얼마나 깜깜한 어둠을 지나야 했는지 짐작조차 하지 못한다. 너와 내가 그랬던 것처럼…

중국에 간지 반년이 지나고 새 학기가 시작되었다. 요꼬는 공부가 끝나서 일본으로 돌아갔다. 귀국하던 날 공항에 배웅해주었다.

"공부 열심히 하고 잘 지내! 일본 가서 연락할게."
"요꼬 잘 가… 흑흑흑."

눈물에 화장이 흘러내렸다. 목이 잠겨서 하고픈 말을 할 수 없었다.
요꼬는 특별한 의미였다. 훌륭한 본보기였다. 힘들 때마다 용기를 주었
었다. 요꼬가 간다니 팔 한쪽이 잘린 것 같았다.

며칠 후 새로운 룸메이트가 왔다. 한국인이었다. 중국어 전공자 20살
'설이'였다. 학과에서 단체로 한 학기 어학연수를 왔기에 이미 무리가
형성되어 있었다. 설이는 중국어를 전혀 못 했다. 도착한 다음 날부터
한숨을 푹푹 쉬었다. 책도 펴지 않은 채 멍한 얼굴로 책상에 앉아있었
다. 설이와 대화는 거의 없었다. 공부 일정이 바빴기에 수업이 끝나면
책만 내려놓고 나가서 밤 10시쯤 돌아왔다. 같은 방에 있어도 이야기할
시간이 없었다. 설이가 온 지 일주일이 지났다. 차오후이를 만날 예정이
었는데 전화가 왔다.

"유진, 일 있어서 점심 같이 못 먹겠어. 저녁에 보자 뭐 먹을
래?"
"알았어. 오랜만에 정문 마라탕 집 갈까? 추워서 따뜻한 게
당기네."
"점심은 뭐 먹으려고?"
"어제 산 빵 먹지 뭐."

차오후이와 통화를 하고 있는데 설이가 나를 보고 있었다. 눈이 마주치자 입을 삐죽거리며 고개를 돌렸다. 독해 책을 펼쳤다. 모르는 단어투성이였다. 공부는 끝이 없었다. 빵을 씹으며 외우고 있었다.

"언니 보면 진짜 짜증나요."

등 뒤에서 쏘아대는 소리가 들렸다. 뒤돌아보니 설이가 심통이 가득한 얼굴로 쳐다보고 있었다. '내가 큰 실수를 했나?' 날벼락이었다. 영문을 몰라 눈만 껌벅거렸다.

"내가 왜?"
"전공자도 아닌 사람이 그렇게 열심히 하는 건 반칙 아니에요? 잘하는데 왜 자꾸 공부하는 거예요?
공부 좀 그만 해요!"

당황스러웠다. 공부도 허락을 맡고 해야 하나? 어이가 없어 설이를 쳐다보았다. 순간 설이에게서 반년 전 내 모습이 보였다. 처음 요꼬를 봤을 때 부러웠다. 옆 반 사람과 이야기를 나눌 때 멍하니 쳐다봤었다. 넘지 못할 산처럼 보였다. 보고 있으면 자괴감이 들었다. 매일 책상에 앉아 공부하는 모습을 보면 질투가 났다.

'충분히 잘 하는데 뭘 저렇게 공부하는 거야?'

그때는 이해되지 않았다. 어느 정도 수준에 오르니 알게 되었다. 공부는 끝이 없었다. 하면 할수록 더 어려웠다. 요꼬에게 부러움, 자괴감, 질투를 느낀 것처럼 설이도 똑같이 겪고 있었다. 하필 중국어를 잘하고, 열심히 하는 요꼬와 같은 방이 되었다. 스스로가 더 못나 보였다. 결국은 요꼬를 본보기로 해서 실력을 키우게 되었다. 같은 방이 된 게 지나고 보면 참 행운이었다. 만약 같은 수준의 한국인과 룸메이트로 만났다면 상황은 달라졌을 수도 있다.

> "중국어 왜 이렇게 어렵냐? 스트레스 받는데 비빔밥 먹으러 갈래?"
> "오 좋지. 먹고 노래방 고고."

그렇게 놀다가 한국에 돌아갔을 수도 있다. 여러 가지 생각이 스쳤다. 경험이 없었다면 설이를 이상하다 욕했을 것이다. '설이도 막막하고 힘들겠다.' 싶었다. 20살이었다. 통통 튀는 나이었다. 무례한 표현도 이해되었다. 이런저런 생각들에 빠져 조용히 보고 있었다. 설이가 순간 정신이 들었는지 자기 입을 찰싹 때렸다.

> "언니 미안해요. 스트레스가 심한가 봐요."

그러고는 울음을 터트렸다. 말없이 설이의 눈물을 닦아주었다. 조금 진정이 된 후에 설이에게 처음으로 내 이야기를 해주었다. 처음에 막막했던 기분, 길 잃었던 사건, 요꼬 이야기, 목이 쉬도록 발음 연습했던 일.

"처음부터 잘하는 사람은 없어. 피눈물 흘리며 했기 때문에
지금이 있는거야. 그 과정을 거치면 넌 어리니까 더 잘할 수
있어."

설이 눈에 차츰 생기가 돌아왔다. 다시 사과했다. 자신감이 생겼는지
얼굴이 한결 밝아 졌다. 서랍을 열었다. 요꼬가 준 포스트잇이 보였다.

물건마다 다시 붙였다.

"전 룸메이트가 해준 방법인데 효과 최고야."
"언니 고마워요. 진짜 고마워요."

방안 가득 포스트잇을 보고 있으니 감회가 새로웠다. 그때와 비교하면 성장이 놀라웠다.

'요꼬 노력은 생각 안 하고 마냥 부러워만 했었지. 그날 요꼬도 이런 기분이었을까?'

요꼬가 주었던 선물은 설이에게 전달되었다.

4장

중국어 깨부수기 비장의 카드

1

가르치며 배우기

2학기가 시작되었을 때 중국어에 완전히 심취해 있었다. 남은 반년 안에 반드시 중국어를 마스터해서 가겠다는 열정으로 가득 차 있었다. 스승님 차오후이도 있어 든든했다. 실력이 나날이 발전하고 있어 방해 요소를 최대한 줄이려 했다. 한국인과 어울리면 중국어를 할 수 없다는 생각에 거의 교류하지 않았다.

그렇게 생활하다 보니 한국인 사이에서 미스터리한 인물이 되어 있었다. 외국에 살면 한국인이 제일 반갑다. 한국어로 마음껏 대화할 수 있고 문화적 정서적으로 전혀 이질감이 없다. 때로는 눈빛만 마주쳐도 위로가 된다. 이십 대 초반 어린 친구들이 낯선 땅에서 지내자면 외롭고 불안하다. 그래서 다들 무리 지어 의지하며 지낸다.

유학생이 보기에 이상해 보였을 것이다. 무리에 끼려는 노력이 없었다. 친구도 없는데 외로워 보이지 않았다. 반년 전, 중국어를 못 했는데 다음 학기에 고급반에 배정받았다. 놀라운 발전이었다. 비법은 아무도 몰랐다. 같은 반이었던 왕언니들은 학원으로 옮겼다. 영호는 한국으로 돌아갔다. 일본 언니는 일본인과 어울려 한국인과 교류가 없었다. 나의 공부 비법이 알려지지 않은 이유였다.

한국어를 하는 유일한 순간은 언니 집에 갔을 때였다. 한국에 대한 향수를 언니와 해소했다. 또한 차오후이와 함께 공부했기 때문에 외로울 시간이 없었다. 이런 자초지종을 모르니 미스터리한 존재가 되었다. 어느 날 차오후이를 만나려고 가방을 챙기고 있었는데, 설이가 허겁지겁 들어왔다.

"언니, 사람들이 언니보고 공부에 미친 여자래요."
"하하. 듣던 중 반가운 소리네! 미친 거 맞다고 그래."

공부에 미쳤다는 소리를 들으니 어이가 없으면서도 기분이 좋았다. 공부하는 사람에게 그런 극찬이 또 어디 있겠는가? 설이는 학과에서 단체로 왔기 때문에 여러 반에 친구들이 있었다. 그 친구들이 이야기하던 중 내 이야기가 나온 것이었다.

"5층에 한국 여자가 있는데 한국어 절대 안 한대. 수업 마치면 어디론가 가는데 뭐 하는지 아무도 몰라. 한마디도 못 했

는데 반년 만에 완전 고수가 됐데. 아마 학교 선생님께 몰래
과외받나 봐."

설이가 듣다 보니 내 이야기였다고 했다. 내 동선은 한국인들과 마주
칠 수 없는 동선이었다. 건물 사이의 지름길로 다녔다. 그 길은 유학생
은 다니지 않았다. 그리고 학교 식당이나 후문에서 밥을 먹고 도서관을
갔다. 유학생은 내가 가는 곳을 오지 않았다. 설이가 그 여자가 룸메이
트라고 하니 다들 깜짝 놀랐다고 했다. 어떤 사람이냐고 꼬치꼬치 물었
다고 했다. 설이는 심각한 얼굴로 울상이 되어 있었다.

"이상한 사람 아닌데 사람들이 오해해요. 친구들이랑 싸울
뻔했어요."
"다들 공부는 안 하고 쓸데없는 데 관심 가진다. 신경 안 써.
너도 신경 쓰지 마."

차오후이와 점심 약속에 늦어 황급히 가방을 챙겼다. 설이가 비장한
얼굴로 말했다.

"애들이 언니 중국어 공부 어떻게 하는지 꼭 알아 오래요."
"뭘 어떻게 해? 그냥 열심히 하는 거지."
"학교 마치고 어디 가는지 물어보래요. 저도 사실 궁금해요."

차오후이의 존재를 설이도 몰랐다. 공부 욕심이 하늘을 찌를 때라 비

법이 주변에 알려지는 게 싫었다. 나만의 동네 맛집이 티브이에 소개되는 게 싫은 느낌이었다. 설이를 시켜 비법을 알아 오라고 한 거 보니 다들 잘하고 싶은 욕심은 있어 보였다. 중국어도 어느 정도 수준에 올랐고 비법을 공유해도 괜찮을 듯했다.

"좋아, 비법 공개할 테니 오늘 점심 같이 먹자!"

차오후이와 셋이서 밥을 먹었다. 차오후이는 내성적인 성격이었다. 갑자기 설이를 데려오니 당황하는 눈치였다.

"설아, 차오후이야. 이 친구랑 매일 밥 먹고 도서관에서 공부해."
"어떻게 만났어요?"
"길에서 내가 말 걸었어."
"헉, 진짜요? 대박."
"중국인 친구랑 종일 같이 있으면 저절로 회화가 늘어. 대신 예습, 복습을 철저히 해야 해. 아는 게 있어야 친구와 연습도 할 수 있어."

몸소 경험한 방법을 전부 알려주었다. 설이가 친구들에게 전파했다. 그 뒤로 고개를 숙여 인사하는 애들이 많아졌다. 설이 친구들이었다. 한국인과 교류하기 싫었는데 의지와 상관없이 아는 사람이 늘어났다.

"친구들이 언니 멋지데요. 비법도 고맙데요."

비법을 움켜쥐고 있어야 하는 줄 알았는데 공유하니 보람이 있었다. 방법을 인정받으니 뿌듯했다. 며칠 후 기숙사에 들어오니 설이 핸드폰이 울렸다. 친구의 전화였다. 잠시 후 설이 친구가 방에 왔다. 모르는 부분을 내게 조심스레 물었다. 처음에는 귀찮았다. 알려주다 보니 같이 공부가 되었다. 알고 있는 것과 설명하는 방법은 달랐다. 하다 보니 쉽게 설명하는 법을 익히게 되었다. 생각하지 않고 무턱대고 외웠던 부분도 차이점이 뭔지 골똘히 연구하게 되었다. 소문이 나서 설이 친구들이 번갈아 문을 두드렸다. 열심히 하려는 눈빛을 보니 책임감도 생겼다. 10시 이후에 자연스럽게 문법 과외가 열렸다. 일종의 재능기부였다. 설이는 연결고리라 친구들 사이에서 본인 위상이 높아졌다며 좋아했다.

가르치는 게 큰 훈련이 되었다. 헷갈렸던 부분을 다시 한 번 정리할 수 있었고, 말로 정확하게 풀어내는 방법을 고민하며 개념이 정돈되며 명확하게 전달할 수 있게 되었다. 이 방법은 HSK 문법 시험에 도움이 되었다. 머릿속에 정리되어 있으니 개념이 헷갈리지 않았다. 알고 있는 걸 말로 풀어내는 연습을 해야 한다. 중급 이상이 되면 초급 학습자를 가르치듯 말로 연습을 하는 것도 하나의 좋은 방법이다.

2

⊛

학교 밖을 나가라

중국어 공부는 학교에서만 이루어지는 게 아니다. 모든 곳에서 할 수 있다. 학교에만 있다 보면 상황이 정해져 있다. 선생님, 친구들과 대화가 대부분이다. 주제가 다양하지 않아 정해진 단어만 쓴다. 중국어 수준이 어느 정도 올랐을 때 학교에서는 막힘이 없었다. 선생님 말씀도 잘 들렸다. 요꼬와 소통도 불편함이 없었다.

학교 밖을 나가면 달랐다. 한 번에 이해되지 않았다. 다시 물어야 했다. 학교 안 사람들은 발음이 정확하지만, 밖은 아니었다. 상해는 큰 도시라 모든 지역 출신이 있다. 그들은 고향 말이 익숙하다. 표준어를 흉내 내지만 성조나 발음이 부정확했다. 그런 말을 들으면 머릿속으로 경우의 수를 계산해야 했다. 계산이 끝나면 대충 추측할 수 있었다. 이

과정이 처음에 오래 걸렸다.

　물건을 살 때 흥정이 필수였다. 과일가게에 가면 중국인과 외국인에게 부르는 가격이 달랐다. 외국인도 중국어가 유창하면 깎을 수 있었다. 대화하다 중간중간 막히면 원하는 가격에 사기 힘들었다. 물건을 살 때 생각처럼 되지 않았다. 중국의 문화가 그러니 적응해야 했다. 어느 날 언니가 흥미로운 곳을 알려주었다.

　"쌍양루라고 아시아 최대 짝퉁 시장 있데. 구경 가자."

　여의도만한 시장이었다. 수천 개의 가게가 줄지어 있었다. 종일 돌아도 다 볼 수 없었다. 가방, 시계, 옷, 신발, 액세서리, 모자 등등. 없는 브랜드가 없었다. 물건이 가게마다 수북이 쌓여 있었다. 명품에 관심이 없어 처음에 흥미가 없었다. 시장 입구에서 시계를 팔고 있었다. 백화점에서 사고 싶어 했던 중저가 브랜드였다. 정가가 한화 12~13만 원 정도 하는 것을 20원한화 3400원에 균일가 판매를 하고 있었다. 디자인도 백화점보다 더 많았다.

　"20원? 우와 여기 대박이다!"

　그때부터 정신없이 돌아다녔다. 균일가로 판매하는 것도 있지만 대부분 흥정해야 했다. 언니가 관심 있는 가방이 있었다. 가격을 물으니 주인이 재빠르게 우리를 아래위로 훑었다.

"1000원한화 17만 원."

"뭐야? 너무 비싼데? 100원한화 17,000원이면 살랬더니."

생각보다 높은 가격에 가게를 나왔다. 주인이 붙잡았다. 원하는 가격을 말해보라고 계산기를 내밀었다. 장난삼아 100원을 적었다. 주인이 불같이 화를 내며 나가라고 했다. 돌아서니 다시 붙잡았다. 몇 번을 반복하다 보니 150한화 25500원원까지 내려갔다. 가방이 마음에 들었으면 샀을 건데 그 정도는 아니었다. 단호하게 고개를 흔들고 나왔다. 주인이 다급하게 불렀다,

"알았어, 100원에 가져가."

눈이 휘둥그레졌다. 그렇게 화를 내더니 100원에 주었다. 시장 손님은 대부분 외국인이었다. 한국인이 오면 판매가격의 10배를 불렀다. 서양인들은 20~30배를 불렀다. 한국인들은 물건 흥정을 잘해서 상인들이 좋아하지 않았다. 처음에는 원하는 가격만 계속 말했다. 원하는 가격까지 되려면 나가고 붙잡고를 열 번 이상 반복해야 했다. 치열한 기 싸움이었다. 물건 하나 사는 데 한 시간이 걸렸다. 자주 가다 보니 물건마다 최저가가 매겨졌다. 요령도 점점 늘었다. 기 싸움도 필요하지 않았다.

"가방 얼마예요?"

"1500원한화 255,000원."

"저쪽 집에서 150원한화 25500원에 준나 랬는데 일마까지 돼

요?"

"음…. 140원 진짜 최저가야."

"130원 어때요? 안되면 갈게요."

"알았어, 가져가."

"명함 주세요. 다음에 다시 올게요."

상인들은 눈치가 빨랐다. 초보와 고수를 귀신같이 구별했다. 무조건 깎아달라 떼쓰면 주인도 피곤해했다. 근거를 제시하면 대부분 수긍했다. 거절하면 다른 가게로 가면 그만이었다. 기 싸움을 준비하던 주인도 초보가 아닌 걸 알면 긴장을 풀었다. 강한 표현보단 살살 달래는 게 효과가 좋았다. 심리전을 하려면 말을 잘해야 했다. 성공하면 훈훈하게 거래를 마칠 수 있었다.

물건을 사면서 여러 가지 이야기를 나누었다. 저번에 샀던 물건 이야기, 요즘 유행하는 거, 상해 생활 등등. 물건 사는 것보다 이야기하는 게 재미있었다. 마음 맞는 단골 가게도 몇 군데 생겼다. 대부분이 다른 지역에서 돈 벌려고 온 사람이었다. 고향, 말투, 성격이 다 달랐다. 학교에서는 볼 수 없는 유형이었다. 그들의 이야기를 들으면 모르는 세상을 간접 체험하는 느낌이었다.

처음에는 알아듣는 데 시간이 걸렸다. 부정확한 발음에 학교에서 쓰지 않는 단어도 있었다. 속으로 계속 해석을 하며 들었다. 어느 순간 따로 해석하지 않아도 바로 입력이 됐다. 여간 틀린 발음을 말해도 바로 알아들었다. 신기한 순간이었다.

쌍양시장에서의 훈련법은 중국 여행을 다닐 때 도움이 됐다. 중국 시골에 가면 대부분 표준어가 부정확하다. 중국어를 잘하는 사람도 그런 말을 들으면 당황한다. 핵심 단어에만 집중하면 대충 알아들을 수 있었다.

"저 사람 말 어떻게 알아들었어?"
"음…. 그냥 느낌적인 느낌?"

말 그대로 느낌이다. 어떻게 알아듣는지는 설명할 수 없다. 이런 감각을 키우는 훈련이 필요하다. 학교에서는 할 수 없는 훈련이다. 요즘은 HSK 듣기 시험도 아나운서 발음으로 해주지 않는다. 소음이 있는 상황도 있고 부정확한 발음도 있다. 실제 중국어를 사용하다 보면 아나운서 발음의 중국인을 만나긴 힘들다. 시험과 실제는 다른데, 요즘 시험은 현실 반영을 하고 있다.

어디든 좋다. 밖으로 나가서 다양한 사람들은 만나고 경험해야 한다. 시장, 거리, 헬스장, 술집 등등 모든 곳이 배움의 장소이다. 관심 분야를 찾아 놀면서 체험하기 바란다. 경험이 쌓이면 자산이 된다. 쌍양시장은 오래전 철거가 되어 추억 속으로 사라졌다. 이제는 볼 수 없어 참 아쉽다. 하지만 그때 나누었던 많은 이야기는 기억 속에서 살아 숨 쉰다. 무엇과도 바꿀 수 없는 소중한 자산이다.

3

❀

수다쟁이가 되자

어느 겨울날이었다. 약속이 있어 친구가 데리러 오기로 했었다. 올 시간이 되어 엘리베이터를 탔다. 5층에서 한 엄마와 아이가 탔다. 5살 정도의 남자아이였다. 아이 패딩 지퍼가 열려 있었다. 지퍼를 잠그려 고사리 손으로 애썼다. 안 되니 끙끙 소리를 내며 짜증을 냈다. 원망의 얼굴로 엄마를 몇 번이나 쳐다보며 도움의 눈짓을 보냈다. 아이 엄마를 보았다. 콧노래를 흥얼거리며 거울을 보고 있었다. 태연하게 머리를 매만졌다.

'아이보다 머리가 더 중요한가?'

1층에 도착했다. 친구가 오지 않았다. 문 앞에서 기다리며 아이를 보았다. 여전히 지퍼와 사투를 벌이고 있었다. 엄마는 본인 패딩 지퍼를 목까지 끌어올리며 몸을 부르르 떨었다. 아이 쪽은 신경도 쓰지 않고 문밖을 응시했다. 아이는 계속 지퍼를 당겼다. 어느 순간 쫙하고 올라갔다. 경쾌한 목소리가 들렸다.

"어머머 그렇지 잘한다. 하니까 되잖아."

엄마는 활짝 웃으며 엉덩이를 토닥였다. 아이의 얼굴에 미소가 번졌다. 언제 짜증 냈냐는 듯 자리에서 폴짝폴짝 뛰었다. 엄마는 아이의 손을 잡고 흥겹게 걸어 나갔다. 아이에게 물고기를 주는 게 아니라 잡는 법을 알려 준 거였다. 엄마는 아이가 혼자 할 수 있도록 충분한 시간을 주었다. 아이 엄마가 다르게 보였다. 그 둘을 보니 차오후이가 떠올랐다. 차오후이도 절대 물고기를 잡아주지 않았다.

어느 날 차오후이와 도서관을 가는데 어떤 사람이 길을 물었다. 학교 본관을 찾고 있었다. 차오후이가 알려 줄 테니 조용히 기다렸다. 아무런 말이 없었다. 차오후이를 보았다. 멀뚱멀뚱 나를 보고 있었다. 황당해서 빨리 말하라는 눈빛을 보냈다.

"본관 어디인지 몰라. 네가 말해."

길을 알려주고 그 사람이 멀어졌다. 차오후이에게 눈을 흘겼다.

"하루에 10번도 더 지나는데 모른다고? 장난해?"

"응 몰라. 앞으로 누가 물으면 네가 말해."

그 뒤부터 길에서 말 거는 사람은 내 담당이 되었다.

길 알려주기는 어렵지 않았다. 난감한 곳은 음식점이었다. 주문이 최고난도다. 중국은 요리가 많다. 평범한 식당에 가도 요리가 100여 가지가 넘는다. 주문하려면 일일이 해석해야 했다. 요리명에는 요리법＋주재료＋모양이 들어가 있다. 돼지고기채볶음炒猪肉丝을 차례대로 해석하면 '볶음＋돼지고기＋채'이다. 학교에서 요리법, 식자재, 모양을 나타내는 단어를 배웠다. 주문하려면 그 단어를 총동원해서 메뉴판을 해석해야 했다. 해석이 가능한 경우는 그나마 다행이다.

간혹 메뉴에 추상적인 이름을 붙이는 경우가 있었다. 예를 들면 '아침의 눈물', '황혼의 아름다움', "초원의 힘" 이런 느낌이다. 이런 메뉴는 중국인도 모른다. 점원에게 어떤 요리인지 물어보고 주문을 해야 한다. 주문이 중국 생활 중 제일 어려웠기에 유학생들은 메뉴 수첩을 들고 다녔다. 한국인 입에 가장 잘 맞는 음식 리스트였다. 어떤 식당을 가도 이 리스트의 메뉴만 시켰다.

차오후이가 후문의 맛있는 식당을 소개해 줬다. 둘이서 요리 3~4개를 시켰다. 부추 달걀 볶음, 돼지고기 파 볶음, 사천 소고기 요리, 야채 볶음 등등 맛있는 음식이 많았다. 차오후이가 내 입맛을 고려해 시켰고

다 맛있었다. 중국어 실력이 조금 늘자 더는 주문해주지 않았다.

"앞으로 네가 주문해. 연습해야 늘지!"

아는 단어를 조합해 메뉴판을 해석했다. 돼지, 소, 닭, 오리, 볶은 거, 튀긴 거 등등. 중간중간 모르는 단어가 많이 있었다. 차오후이에게 물어도 알려주지 않았다. 늘 먹던 음식은 안되고 무조건 안 먹어본 요리를 시키라고 하였다. 돼지요리, 오리요리, 고기튀김 3가지를 선택했다. 차오후이가 메뉴를 보더니 의미심장한 표정을 지었다.

돼지요리가 나왔다. '돼지 귀 볶음'이었다. 오리요리가 나왔다. '오리 혀 구이'였다. 튀김이 나왔다. 무슨 고기인지는 몰랐는데 맛있어 보였다. 토끼고기 튀김이었다. 공짜로 먹으래도 싫은 걸 돈 주고 시켰다. 차오후이 얼굴을 뚫을 기세로 노려봤다.

"와⋯. 이 정도면 말을 해줬어야지. 너무한 거 아냐?"
"왜? 난 다 좋아하는 건데."

차오후이는 잘 먹었다. 절망한 내 표정이 웃긴지 밥을 먹다 말고 계속 푸흡거렸다. 중간중간 눈물을 닦기도 했다. 먹을 게 없어 맨밥만 먹었다. 한 대 때려주고 싶었다. 그 뒤로 식당에 갈 때마다 메뉴를 공부했다. 어려운 건 적어와서 외웠다. 한 달이 지나니 요리명을 보면 눈앞에 그려졌다.

다른 사람과 말할 상황이면 절대 도와주지 않았다. 말을 못 알아들어 간절한 눈빛을 보내면 어깨를 들썩이며 모른다는 몸짓을 취했다. 어떤 때는 뒷짐 지고 하늘을 쳐다봤다. 몇 번을 다시 물어 혼자 알아들어야 했다. 상황이 끝나면 그제서야 말을 했다.

> "방금은 이런 상황이었고, 그때는 이런 말을 해야 해."
> "아까 말하지 이제 와서 알려주면 뭐해? 엄청나게 당황했단 말이야."

그런 일이 반복되자 어떤 상황이 와도 내가 나서서 말을 하게 됐다. 어떻게든 혼자 해결하려고 애썼다. 몇 달이 지나자 차오후이가 엄지를 들었다. 처음에는 도와주지 않는 모습이 얄미워 때리고 싶었다. 일부러 골탕 먹인다는 생각에 운 적도 있다. 섭섭해서 크게 싸운 적도 있었다. 나중에야 왜 그랬는지 이해되었다. 기다리는 순간의 무심함이 진짜가 아니었다. 훈련시키기 위한 혹독한 방법이었다.

잡은 물고기를 받아 먹는 건 의미가 없다. 잊지 말자! 힘들어도 직접 물고기를 잡아야 한다. 어떤 상황이든 적극적으로 나서는 수다쟁이가 되어야 한다. 먼저 말하는 사람이 하나라도 더 배울 수 있다.

4

본보기를 만들어라

고등학교 때 한국사 선생님을 좋아했다. 존재만으로도 카리스마가 넘쳤다. 뼈대가 굵고 단단한 체격이었다. 목소리도 걸걸했다. 당당한 자세로 복도를 걸어가면 홍해가 갈라지듯 학생들이 비켜섰다. 선생님은 학교에서 인기가 많았다. 시종일관 무뚝뚝했는데 한 번씩 던지는 농담이 예술이었다. 순식간에 치고 빠지는데 웃다 못해 배가 아팠다. 선생님이 언제 농담을 던질지 모르니 집중해야 했다. 몰입감이 엄청났다. 수업이 끝나면 교무실까지 선생님을 따라갔다. 궁금한 걸 질문하면 막힘이 없었다. 선생님처럼 역사를 잘 아는 사람이 되고 싶었다. 화장실 갈 때도 한국사 책을 끼고 다녔다. 덕분에 한국사 성적은 늘 최상위권이었다.

중국어도 똑같다. 좋은 본보기를 찾으면 그 사람을 따라가려고 애쓰

게 된다. 알게 모르게 실력이 올라간다. 주변에서 본받을 만한 사람을 찾아서 그 사람을 배워야 한다.

독해 본보기는 요꼬였다. 일본인 중에서 중국어를 제일 잘했다. 일본은 한자를 사용해서 그런지 신문도 문제없이 읽었다. 거기에 지독한 노력파였다. 일본인들과 필요한 경우 외에 어울리지 않았다. 자존감이 높아 중심을 잘 지켰다. 혼자 차를 마시거나 산책을 했다. 한 번씩 감미로운 노래를 들으며 희미하게 콧노래를 불렀다.

학교를 마치고 기숙사에 들어가면 요꼬는 항상 신문을 읽고 있었다. 창가에 햇살이 들어오고 바람에 커튼이 나풀거렸다. 라디오에서 잔잔한 음악이 흘러나왔다. 신문에 눈을 고정한 채 찻잔을 들어 천천히 마셨다. 신문에 집중했는지 미간이 살짝 찌푸려져 있었다. 그럴 때면 누가 들어온 것도 몰랐다.

"요꼬 신문 재밌어?"

말소리에 화들짝 놀라 신문을 내려놓았다. 내가 나갈 때면 다시 신문을 집어 들었다. 그 모습이 영화의 한 장면 같았다. 똑똑한 주인공처럼 보였다. 품위가 흘러넘쳤다. 빽빽한 한자를 어떻게 다 이해하는지 부러웠다. 요꼬도 처음에는 잘 안 되었다고 했다. 일본과 중국 한자가 다른 것도 있어 외운 건 마찬가지라고 했다. 그녀처럼 우아하게 차를 마시며 신문을 읽는 상상을 했다. 차보다는 밀크티가 더 좋았다.

'언제가 꼭 밀크티와 함께 신문을 보겠어!'

반년이 지나자, 나도 신문을 펼쳤다. 모르는 글자투성이였지만 사전을 찾아 빽빽이 적었다. 밀크티를 마실 여유는 없었다. 어려웠다. 하다 지치면 요꼬를 떠올렸다. 일 년이 지나자 상상은 현실이 되었다. 밀크티와 함께 더듬더듬 신문을 읽게 되었다.

발음 본보기는 앞방 학생이었다. 베트남 여자가 살고 있었다. 오다가다 몇 번 마주친 게 다였다. 키는 173 정도로 나보다 조금 더 컸다. 피부는 까무잡잡했는데 윤기가 흘렀다. 허리까지 내려오는 풍성한 생머리를 아래로 묶고 다녔다. 얼굴은 귀티가 흘렀다. 서구적인 미인이었다. 동양과 서양의 미가 어우러져 신비한 분위기를 풍겼다. 보는 순간 헉 소리가 났다. 그 기운에 눌려 눈이 마주치면 황급히 피했다. 1초 후 다시 어색하게 눈인사를 했다.

차오후이와 안지 두 달쯤 됐을 때 학교 축제가 있었다. 같이 가요제를 구경 갔는데, 학과마다 대표를 뽑아서 출전시켰다. 대부분 단체로 출전했다. 발라드 팀, 댄스팀, 치어리더팀 등등. 볼거리가 많았다. 마지막 순서로 하얀색 아오자이 입은 여자가 혼자 걸어 나왔다. 걸을 때마다 새하얀 옷이 나풀거렸다. 까무잡잡한 피부에 순백색 옷을 입으니 얼굴이 더 돋보였다. 자세히 보니 앞방 여자였다. '월량대표아적심月亮代表我的心'을 불렀는데 중국 국민가요이다. 노래가 잔잔하고 분위기가 있어서 옷과 살 어울렸다. 쭈변을 둘러보니 모두 닋을 놓고 보고 있있다. 노래를 마치고 본인 소개를 했다.

　　"저는 베트남 유학생이고 24살이에요. 대외한어과 4학년에
　　재학 중입니다. 공부를 마치고 베트남에 돌아가 중국어를 가
　　르치고 싶어요."

나를 비롯해 모든 사람 입이 떡 벌어졌다. 아나운서 발음이었다.

　　"외국인 맞아? 우리보다 더 잘하는데…. 화교 아냐?"

주변에 웅성거리는 소리가 들렸다. 그녀는 연예인 같았다. 저 사람이
기숙사 앞방이라니 자랑스러웠다. 그날 기숙사에 돌아가 세면장에서
빨래하고 있었다. 누군가 내 옆으로 왔는데 그녀였다. 빨랫감을 들고
있었다.

　　"아까 노래 잘 들었어요. 옷도 이뻤어요."
　　"어머 봤어요? 고마워요. 옷 이쁘죠? 엄마가 베트남에서 보
　　내준 거예요."

도도한 얼굴과 달리 털털한 성격이었다. 한번 말을 시작하자 끊임없
이 대화가 이어졌다. 사람을 즐겁게 하는 에너지가 있었다. 말을 할수록
더하고 싶은 사람이었다. 아나운서 발음이라 귀에 쏙쏙 들어왔다. 빨래
는 던져둔 채 한참을 이야기했다. 화교가 아닌 순수 베트남 사람이었다.

처음에 중국어를 전혀 못 해 1년을 울면서 공부했고, 그 후 대외한어과에 진학한 것이었다. 좋은 결과에는 반드시 어려운 과정이 있는 법이었다. 무의식중에 스스로 한계치를 두고 있었다.

'아무리 잘해도. 외국인치고 중국어 잘하는 사람이 되겠지?'

그녀를 만나고 생각이 확 바뀌었다.

'외국인도 열심히 하면 저런 경지에 오를 수 있구나! 열심히 해야겠어.'

그녀는 큰 힘이 되었다. 앞서 그 길을 걸어간 사람이고 성공했기 때문이다. 그 후 한계치를 벗어 던졌다. 목표를 잡았다. 모르는 사람과 말했을 때 외국인인지 모르는 수준이 되자.

일 년 후, 귀국을 앞두고 중국 친구들과 황산 여행을 갔었다. 패키지로 갔기 때문에 관광객 40명이 3일 동안 같이 다녔다. 나 혼자 한국인이었다. 다른 중국 사람들과 이야기도 하고 즐겁게 지냈다. 3일째 되던 날 한국인이라고 하니 다들 깜짝 놀랐다. 전혀 몰랐다고 했다. 그런 이야기를 들을 때면 공부한 보람을 느낀다.

본보기가 되는 사람을 찾자. 그들과 어울리고 방법을 배우자. 당신도 반드시 그들처럼 될 수 있다.

5

한국인은 한국에서만

蓬生麻中 不扶自直 봉생마중 불부자직
白沙在泥 不染自汚 백사재니 불염자오

쑥이 삼 가운데 나면 붙들어주지 않아도 곧게 자라고
흰모래가 진흙에 있으면 물들이지 않아도 더러워진다.

소학의 한 구절이다. 주변 환경이 중요하다는 의미이다. 어학연수에
도 해당하는 진리이다. 누구를 가까이하느냐에 따라 학습 결과가 완전
히 달라진다.

당시 전체 유학생을 세분화하면 3부류로 나눌 수 있었다. 첫 번째는
놀자 형이다. 한국, 일본, 미국 등등 다양한 국적의 유학생이 속했다.

국가적 특성보다는 개인의 성향이었다. 여자들은 진한 화장을 했다. 미니스커트에 힐을 신었다. 근처에 가면 진한 향수 냄새가 났다. 남자들은 다부진 체격이 많았다. 패션에 관심이 많아 옷과 머리에 신경을 썼다. 미국 유학생은 코에 피어싱하고 바지를 엉덩이 반쯤 내려 입었다. 이 부류의 유학생은 국적 상관없이 서로 다 알았다. 자주 가는 술집이 고정되어 있으니 그곳에서 자주 어울렸다. 수업이 끝나면 입구에 삼삼오오 모여 담배를 피웠다. 영어로 간단한 대화를 나누었다. 중국어는 거의 하지 않았다. 공부에는 흥미가 없고 이성이나 노는데 관심이 많았다. 사건사고가 발생하면 대부분 이 부류의 유학생이었다.

두 번째는 평범 형이다. 가장 흔한 유형이다. 옷차림이 평범하고, 수업도 성실히 나온다. 중국어에 관심이 있어서 공부 방법을 나름대로 물색하고 다닌다. 설이 친구들이 이 부류였다. 무리 지어 다녔다. 한 명이 마트에 간다고 하면 나머지가 다 따라갔다. 초급부터 중급까지 섞여 있었다. 중국말을 제일 잘하는 애가 리더 역할을 했다.

세 번째는 아웃사이더 형이다. 같은 국적 친구를 사귀지 않았다. 소수의 다른 나라 친구와 어울렸다. 조용하고 존재감이 없었다. 수업 끝나면 소리소문없이 사라졌다. 중국인 친구가 있고 중국어를 잘했다. 전체 유학생 200명 중 20명 정도였다. 나와 요꼬도 이 부류였다. 요꼬도 중국 친구 2명과 자주 어울렸다.

평범 형 유학생은 공부에 대한 의지는 있었다. 예습 복습도 열심히 했다. 몇 명은 나의 비법을 듣고 실제로 중국인 친구를 만들기도 했었다. 문제는 한국인 무리를 포기하지 못했다. 늘 한국인과 어울리고 일주일에 한 번 정도 중국인 친구를 만나 밥을 먹었다. 일주일 내내 한국어를 하니 실력 향상이 느릴 수밖에 없었다.

중국어를 잘하기 위해서는 모국어 쓰는 모든 상황을 차단해야 한다. 되든 안 되든 중국어만 써야 한다. 옆방에 중국어 잘하는 여자가 있었다. 일본인 같았는데 요꼬와 중국어로 이야기했다.

"요꼬, 저 여자는 어느 나라 사람이야?"
"일본인이야."
"근데 왜 중국어로 해?"
"중국 있는 동안 일본어 안 쓸 거래."
"일본어 안 한다고 저렇게 잘해?"
"남자친구가 중국인이니까, 그 영향도 있겠지."

저렇게 독한 사람도 있구나 싶었다. 한 달 후, 중국어가 좀 늘었을 때 화장실에서 어떤 한국인이 말을 걸었다. 일본 여자 생각이 나서 중국어로 대답을 했다. 한국인인 걸 알고 있는데 내가 중국어로 대답하니 황당한 표정을 지었다. 말은 안 했지만, 눈으로 욕을 퍼부었다. 그 표정을 보니 한국인과 중국어를 하기가 민망했다. 차선책이 최대한 교류하지 않는 것이었다. 아웃사이더들은 나름의 방식대로 최대한 모국어들 사용하지 않으려고 했다. 그러다 보면 실력이 올라가는 건 시간

문제였다.

알고 나면 정말 간단한 진리인데 유학생 대부분이 몰랐다. 아니 알아도 실천하지 않았다. 외국에서의 생활은 무척 외롭기 때문이다. 겪어보지 않은 사람은 그 고립감을 모른다. 그런 상황에서 한국인과의 모든 교류를 단절한 채 지내기란 보통 의지로 힘들다. 하지만 어학연수의 가장 큰 목적은 그 나라의 언어를 배우는 것이다. 언어를 배우기 위해서는 양자택일을 해야 한다. 개인의 목표지점이 어디인가에 따라 다를 것이다. 체류 기간 내 최대한 습득하길 원한다면 고립을 감수해야 한다. 가볍게 배우며 문화를 즐기고 싶다면 한국인과 어울려도 된다. 다만 중국어 향상은 보장할 수 없다.

한국인과 다니다 보면 문제점이 중국어 할 기회가 없다. 물론 중국에 있으니 어딜 가든 중국어를 해야 한다. 무리에서 가장 잘하는 사람이 대변인이 된다. 잘하는 사람이 있는데 못하는 사람이 나서기가 민망하다. 대변인은 그래도 다른 일원들보다는 실력을 쌓아간다. 늘 말을 해야 하므로 발음에 노력을 기울인다. 반면 일원들은 대변인만 있으면 어디는 무사통과니 불편한 게 없다. 답답한 게 없으니 중국어 실력이 늘지 않는다.

대만에 박사과정을 하러 갔을 때, 한국 사람하고만 어울렸다. 수업, 발표, 논문 준비로 스트레스가 극에 달했다. 잠시나마 벗어날 수 있는 순간은 한국인을 만날 때였다. 다들 박사과정이었다. 한국인과 어울릴 수 있었던 이유는 이미 중국어를 잘했기 때문이다.

중급 이상이 되면 한국인과 어울려 대변인이 되는 것도 괜찮다. 외롭지도 않고 실력을 꾸준히 쌓을 수 있기 때문이다. 하지만 이 시기도 중국 친구와 저주 교류한다면 더 빨리 올라갈 수 있다. 고급실력자라면 한국인들하고만 어울려도 된다. 중국 친구는 선택사항이다.

초급인데 실력을 빨리 올리고 싶다면. 한국인과 접촉을 자제해야 한다. 답답함이 간절함을 만든다. 간절함이 원동력이 되어 공부하게 만든다. 필요성을 온몸으로 느끼고 스스로 알을 깨고 나와야 한다. 간절하게 배운 중국어는 평생 내 것이 된다.

6

모든 사람이 선생님이다

주변을 잘 활용해야 한다. 모든 중국인이 훌륭한 스승이 될 수 있기 때문이다.

중국어를 못 할 때 기숙사 청소부가 복도에 쓰레기를 버렸다고 화냈던 일이 있었다. 내가 버린 게 아니었지만, 말이 안 되니 오해를 풀 수 없었다. 한 달이 지나 어느 정도 의사소통이 될 때 화장실에서 그 청소부를 마주쳤다.

  "저번에 쓰레기 내가 버린 거 아니에요."
  "무슨 쓰레기?"
  "한 달 전에 501호 앞에 쓰레기 버렸다고 화냈었잖아요."

"아…. 기억나. 나중에 보니 503호가 그 앞에 맨날 버리더라
고. 미안해요 오해했어요."

청소부는 미안했는지 멋쩍게 웃었다. 누명을 벗어 홀가분했다. 그 뒤
로 마주치면 반갑게 인사를 했다. 빨래하고 있을 때 종종 마주쳤는데
청소하다 와서 말을 걸었다. 청소부는 26살 언니였다. 산시성 시골 마을
출신이었다. 돈을 벌기 위해 17살에 상해에 와서 청소 일을 시작했다.
아들이 7살인데 다리가 불편해서 치료비가 많이 들어간다고 했다. 첫인
상은 나빴는데 이야기해 보니 좋은 사람이었다. 볼 때마다 아들 주라고
과자를 건넸다. 그녀는 보답으로 고무장갑, 세제, 비누를 종종 주었다.
이야기하다 보면 청소 관련 단어를 많이 들었다. 학교에서 배우지 않은
단어를 들을 수 있었다. 뚫어뻥, 곰팡이, 수도꼭지, 샤워기, 찌던 때 등
등. 배수구 막힌 이야기를 하다가 배수구를 못 알아들으면 손으로 알려
줬다. 다음에는 알아들을 수 있었다. 이때 습득한 단어는 나중에 직장에
서 중국어로 위생교육 할 때 유용하게 사용할 수 있었다.

기숙사 근처엔 과일 집이 있었는데, 걸어서 5분 거리였다. 가격은 좀
비쌌지만 가까워서 장사가 잘됐다. 후문은 저렴하지만 20분 걸렸다. 주
인아줌마는 30대 중반의 시커먼 얼굴에 작고 뚱뚱했는데, 언제나 무표
정이었다. 말 걸기가 부담스러운 인상이었다. 당시에 모든 가게가 흥정
이 필수였는데, 주인은 일단 가격을 높게 부르고, 사는 사람은 최대한
깎아서 샀다. 후문에서 바나나 5개 사면 5원한화 850원인데 이 집은 10원
한화 1700원이었다. 안 깎아 줄 때도 있고 기분 좋으면 0.5원한화 85원 깎아

췄다. 대부분 후문에서 샀지만, 비가 올 때는 가끔 이 집에서 샀다. 갈 때마다 비싼 가격과 불친절한 응대가 불쾌했다. 어느 날 차오후이가 바나나를 산다고 그 가게에 가자고 했다.

"어머 동생 왔어? 오호호."
"누나 바나나 5개 주세요."
"바나나 4원. 오늘 사과 맛있는데 한 개 줄 테니까 먹어봐."

차오후이가 산 가격은 4원한화 680원이었다. 후문보다 저렴했다. 어이가 없었다.

"뭐야? 친척이야? 왜 동생이라 불러?"
"아니, 저번에 말해보니 같은 고향 사람이더라고. 그 후로 잘해 줘."

그 뒤부터 매일 차오후이를 앞세워 과일 집에 갔다. 파격적인 가격에 살 수 있었다. 매일 가니 나랑도 친해졌다. 갈 때마다 덤으로 귤 두 개를 췄다. 과일도 싸게 사고 덤도 받았는데 그냥 오기 미안했다. 항상 앉아서 20분 정도 이야기했다. 바쁠 땐 차오후이가 대신 과일을 팔기도 했다. 과일 종류가 20가지 있었는데 한국에 없는 과일이 많았다. 과일마다 맛있는 시기, 유명한 지역, 좋은 과일 고르는 법 등을 알려주었다. 생소한 과일이 많았는데 잘 알려줘서 상식이 풍부해졌다. 중국, 동남아 어딜 가든 과일을 기가 막히게 고른다. 신선하고 당도 높은 길 귀신같이 찾아

낸다. 그때의 과일 교육 덕분이다.

점심은 기숙사에서 가까운 학교 식당에서 먹었다. 밥을 먹고 나서 발음 연습을 했기 때문에 12시에 들어가 2시에 식당을 나왔다. 식당 직원들은 1시 50분에 밥을 먹고 낮잠을 자거나 밖에서 담배를 피웠다. 우리가 나갈 때면 손님은 거의 없고 직원들만 있었다. 식당 직원들을 매일보니 점점 친숙해졌다. 그중에서 요리를 접시에 담아 주는 어린 요리사가 있었다. 우리가 밖에 나오면 식당 앞에 쪼그려 앉아 멍하니 땅을 보고 있었다. 매일 마주치다 보니 이야기를 하게 됐다.

"맨날 여기서 뭐해?"
"개미 봐. 고향 개미랑 똑같아서…."

19살 청년, '리우웨이'였다. 고향은 허난성 시골이었는데, 상해에서 10시간 이상 걸리는 꽤 먼 곳이었다. 그는 5남매 중 맏이로 돈을 벌기 위해 상해에 온 것이었다. 아빠는 돌아가셨고, 그가 가장이었다. 엄마는 고향에서 동생들을 돌보고 있었다. 19살이면 아직 어린 나이인데 짠한 생각이 들었다. 같은 반 왕언니들이 한국 과자를 매일 줬었다. 점심 먹을 때 과자를 늘 들고 나왔는데 차오후이가 리우웨이에게 주자고 했다. 수입 과자라서 그런지 정말 좋아했다. 그는 그 과자들을 모았다가 고향에 갈 때 동생들에게 준다고 했다. 처한 환경이 힘들 텐데도 항상 밝고 싹싹해서 그 모습이 기특해 보였다. 리우웨이는 요리를 담아 주는 담당이었는데, 작은 접시를 시켜도 항상 큰 접시에 담아줬다. 식당에서 나오면 셋이서 담소를 나누었다. 그날 메뉴나 야채 종류를 많이 물어봤다. 식재료가 풍부해 매일 요리가 달랐다. 재료 이름과 요리 방법을 물으면 자세하게 알려주었다.

이때 습득한 지식은 직장 생활에 큰 도움이 되었다. 중국에서 단체급식 한국회사에 근무했었다. 각 지점 위생관리 및 직원교육을 맡았다. 매니저는 한국인이었고 직원은 다 중국인이었다. 그 전 교육담당자는 직원들을 회의실에 모아 통역을 시켜 교육했다. 나는 식당에서 시범을 보이며 직접 교육했다. 식자재별로 전처리하는 방법, 배수구 관리법, 신선한 과일 고르는 법 등등. 자리를 옮겨가며 알려주었다. 식자재 및 청소도구 명칭을 다 알고 있어서 교육할 때 구체적으로 할 수 있었다. 처음

에 나이가 있는 주방장들은 젊은 한국 여자가 교육한다고 하니 무시했었다. 그러나 교육을 한번 듣고 나면 눈빛이 달라져 있었다. 수긍하고 받아들이는 눈빛이었다. 어느새 난 어느 지점에 가도 환영받는 직원이 되었다. 중국통 직원으로 통했다.

직장 생활에 도움이 되리라 예상하고 그들과 교류한 건 아니었는데, 그것이 큰 자산이 되었다. 청소 언니, 과일 집 주인, 리우웨이 모두 보석 같은 존재였다. 그들은 훌륭한 선생님들이었다.

당신도 눈을 크게 뜨고 자신만의 선생님을 찾길 바란다. 그러면 분명 주변 어디에나 선생님이 존재할 것이다.

7

⊛

미디어를 **활용하라**

중국어는 미디어를 적극적으로 활용해야 한다. 미디어에선 원하는 정보를 빠르게 얻을 수 있기 때문이다. 예전에는 한국에서 중국 드라마 한 편 보는 것도 어려웠다. 그러나 요즘은 다양한 방법을 통해 영화, 드라마, 예능을 마음껏 선택할 수 있다. 미디어를 활용하면 다양한 세계를 경험할 수 있다.

어릴 때 TV는 '바보상자'로 불렸다. 많이 보면 바보가 된다고 어른들이 붙인 별명이다. 엄마도 TV 보는 걸 싫어하셨다. 엄마는 내가 TV에 집중하고 있으면 항상 한마디씩 하셨다.

"유진아, 바보 된다."

"눈 나빠진다. 그만 봐라."

그렇기에 난 TV를 엄마가 안 계실 때만 보다가, 대문 소리가 나면 얼른 끄고 책을 보는 척을 했다. 당시 난 만화영화를 좋아했는데, 그때는 지금처럼 채널이 다양하지 않았다. MBC, KBS1·2, SBS, EBS 5개의 채널이 다였다. 오후 5시에 만화를 해줬었는데 그게 끝나면 볼 게 없었다. 그나마 AFKN이라는 미군방송이 있었다. 거긴 영어 채널이었는데 미국 만화를 한 번씩 틀어줬다. 난 영어를 못 알아들었지만, 만화이기에 집중해서 봤었다. 자주 보다 보니 방송 시간대도 알게 되고 내용도 대충 파악이 됐다. 자주 반복되는 말은 무슨 말인지 알아들었다. 엄마는 영어 만화를 볼 때는 절대 잔소리를 하지 않았다. TV는 바보상자일 수도 있지만, 공부 상자이기도 했다.

어린 시절의 이런 경험처럼 중국에 있을 때도 TV의 도움을 많이 받았다. 기숙사에 TV가 있었는데, 중앙 방송국과 지역 방송국이 있어서 채널이 30개가 넘었었다. 난 처음엔 TV를 몇 번 보다가 영 못 알아들으니 몇 달간 보지 않았었다. 그러다가 중국에 간 지 6개월이 됐을 때야 비로소 TV가 눈에 들어왔다. 혹시나 하는 생각에 한번 틀어보았다. 드라마, 영화, 뉴스, 예능을 방송하고 있었다. 뉴스는 어려웠다. 말도 빠르고 단어도 어려워 전혀 못 알아들었다. 예능은 중간중간 들리긴 했는데 방청객이 웃을 때 왜 웃는지 몰랐다. 알아듣지 못하는 증거였다. 영화는 사극이 많았는데 현대에서 쓰는 말이 아니라 어려웠다.

"성은이 망극하옵니다."

"옥체를 보존하시옵소서."

우리나라 사극도 쓰는 말이 다르듯 중국도 그랬다. 제일 만만한 게 드라마였다. 특히 청춘남녀의 사랑을 다룬 드라마가 가장 쉬웠다. 둘이서 알콩달콩하는 장면의 대화는 쉽게 알아들을 수 있었다. 중국은 드라마에 자막이 나오는데, 사투리가 심해 표준어를 못 알아듣는 지역이 있어서 그렇다. 그렇기에 보다가 놓친 부분은 자막을 보면 되니, 내용 파악이 훨씬 수월했다.

당시에 안재욱이 중국에서 인기가 많아서 한류 붐이 조금씩 일어나고 있었다. 그래서 '미안하다 사랑한다.', '발리에서 생긴 일', '내 이름은 김삼순' 등의 한국드라마를 방영해줬다. 더빙이라 중간에 못 알아듣는 부분도 있었지만 반가운 얼굴들이 나오니 집중해서 봤다. 드라마를 보면 유행어, 신조어를 배울 수 있었다. 간혹 지하철에서 10대들이 이야기하면 중간중간 모르는 말이 있었었다. 추임새 같은 거였는데 사전에도 나오지 않았다. 그 말이 궁금했었는데 드라마를 보다 보니 그런 말들이 자주 나왔다. '멋지다'라는 뜻인데 사전에는 없는 유행어였다.

중국에 간 지 8개월이 지나면서 HSK 시험 준비를 시작했다. HSK는 중국어 능력 시험이다. 영어로 치면 토익시험이다. 듣기, 문법, 독해, 쓰기 부분이 있다. 듣기에는 기상 예보가 매번 나왔다. 교재에 있는 듣기는 몇 번 반복하면 내용을 다 알아서 의미가 없었다. 계속 새로운 자료를 찾아야 했다. 뉴스 방송이 떠올랐다. 방에 있을 때 뉴스를 계속 틀어 놓았다. 지금이야 유튜브에 검색만 하면 날씨 보도가 수백 개가 뜨지만, 그때는 방송시간을 기다려야 했다.

　뉴스는 다양한 주제를 보도했다. 정치, 경제, 사회, 의학, 사건, 사고 등등. 공부하기 위해 집중해서 들었다면 하루만 듣고 포기했을 것이다. 그러나 날씨 방송을 위해 켜둔 거라 부담 없이 들었다. 청소하면서 듣고 흥미로운 내용이 있으면 잠시 집중하기도 했다. 처음에는 딱딱하고 지루했다. 게다가 속도도 엄청 빨라서 자막을 한 줄 읽을 때면, 보도 내용

상하이의 예원

이 바뀌었다. 그러나 보다 보니 흥미로운 점이 있었다. 뉴스가 굉장히 자극적이었다. 사건·사고를 방송할 때 모자이크를 거의 하지 않았을뿐더러 범인 얼굴도 그대로 나왔고, 사건 현장도 여과 없이 방송되었다. 땅이 넓고 인구가 많으니 희한한 사건들이 많았다. 그러다보니 조금씩 집중하는 시간이 길어졌다. 듣다 보니 아나운서의 발음속도도 적응이 되었다. 드라마 대사가 오히려 느리게 느껴졌다.

이런 경험은 나중에 HSK 듣기 고급시험을 칠 때 도움이 되었다. 출제 문제 중 어려운 주제가 경제, 사회, 의학, 일기예보이다. 그러나 난 매일 뉴스를 들었었기에 듣기시험이 부담스럽지 않았다. 속도도 익숙했어서 어려움 없이 들을 수 있었다.

요즘은 예전처럼 방송시간을 체크하지 않아도 된다. 공부하기 좋은 세상이다. 원하는 모든 콘텐츠를 방안에서 볼 수 있다. 클릭 한 번이면 언제 어디서든 시청할 수 있다. 그렇기에 미디어를 잘 활용하는 사람이 더 빨리 올라갈 수 있다.

어떤 것도 괜찮다. 단 초보자라면 정확한 발음을 들려주는 방송국 프로그램을 봐야 한다. 중급자 이상이면 개인 방송이나 다양한 채널을 봐도 무방하다. 사투리 억양이 섞여 있는 발음을 듣는 것도 도움이 될 것이다. 자기에게 맞는 콘텐츠를 찾아 활용하는 것이 중국어 공부의 핵심 비법이다.

8

※

실수를 두려워하지 마라

중국어를 배울 때 실수를 겁내기에, 말하는 것이 가장 늦다. 두려움 때문이다. 발음, 성조 신경 쓸 게 많아서 쉽사리 입이 열리지 않는다. 실수했을 때 상대방이 비웃을 것 같아 움츠러들기도 한다. 그렇기에 단어만 외우면 해석할 수 있는 독해가 가장 쉽다. 그 다음이 듣기이다. 발음과 뜻이 익숙해지면 어느 순간 귀가 열린다. 말하기는 마지막이다. 머릿속으론 알고 있지만 내뱉기가 쉽지 않다.

'발음이 틀리면 어쩌지?'
'성조가 맞나?'

성조와 발음을 알고 있어도 말이 이상하게 나갈 때도 있다. 발음과 성조가 섞여 있으므로 실수도 많이 한다. 같은 발음이라도 성조를 다르게 하면 엉뚱한 뜻이 되는데, 예를 들어 중국어로 '물만두水饺'와 '잠을 자다睡觉'는 발음이 같다. 성조만 다를 뿐인데 '물만두'는 3성이고 '잠을 자다'는 4성이다. '물만두'를 '잠을 자다'로 잘못 말하면 이런 오해가 생긴다. 식당에 가서 물만두를 주문한다고 해보자.

> 손님 : "자고 싶어요."我要睡觉
> 점원 : "뭐 하는 거예요? 자고 싶음 호텔에 가세요." 你干嘛? 你要睡觉去酒
> 店吧

실제로 종종 발생하는 상황이다. 한번 실수를 하게 되면 그 뒤부터는 말하기가 더 두려워진다. 나도 실수를 했었다. 그러나 뜻이 바뀌었을 때 이상한 단어만 아니면 괜찮다.

어느날 2학기 수업시간이었다. 독해 선생님은 60대 할아버지였다. 활력이 넘치고 목소리가 우렁찼다. 밝은 미소로 교실을 들어오셨다. 어느날 유달리 기분이 좋아 보였다. 콧노래를 부르며 수업 준비를 했다. 선생님에게 말을 걸고 싶었다. 어제 배웠던 '징선精神'이라는 단어가 생각났다. '활기차다'라는 뜻이었다. '선생님 오늘 활기가 넘쳐요' 말하고 싶었다. 헷갈려서 '징선'을 '션징神经'이라고 말 해버렸다. '션징'은 '제정신이 아니다'라는 뜻으로 욕이었다.

> "선생님 오늘 제정신이 아니네요." 老师, 你今天很神经

"뭐라고?"

선생님이 책을 펴다 말고 눈을 깜빡였다. 못 들은 것 같아 더 큰 소리로 말했다.

"선생님 오늘 특히 제정신이 아니네요."老师，你今天特别神经

"……"

교실에 정적이 흘렀다. 선생님 얼굴이 굳어졌다. 옆에 있던 눈치 빠른 일본인이 옆구리를 찔렀다.

"어제 배운 단어는 징선이야. 선징이 아니라고…."

선생님은 그 말을 듣고서야 얼굴이 부드러워지며, 큰소리로 웃었다. 그러더니 '선징'은 욕이니 헷갈리면 안 된다고 했다. 그 후로 난, '징선'과 '선징'은 절대로 헷갈리지 않는다.

한번은 드라마 '미안하다 사랑한다.'에 빠져 있는 차오후이의 룸메이트가 한국어를 배우고 싶다고 도움을 청했다. '안녕하세요', '감사해요', '미안해요' 등등. 룸메이트가 한국어 발음을 점검받았다. 한국어 전파에 힘쓴 기분이었다. 그렇기에 '언제든지 물어봐라'라는 말을 하고 싶었다. 중국어로 '묻다问'와 '키스吻'는 발음이 같고 성조만 다른데, 순간 성조가 헷갈려 '묻다'를 '키스'로 말해버렸다.

"궁금한 거 있으면 다음에 나한테 키스해." 有想知道的, 下次吻
我
"…"

순간 룸메이트 얼굴이 시뻘게졌다. 눈동자가 갈피를 못 잡고 방황했다. 평소 숫기가 없는 친구였다. 자꾸 물어보기가 미안한가보다 했다.

"미안해하지 말고 언제든 키스해." 不要不好意思, 随时吻我
"…"

그 친구는 귀까지 달아올라 땅만 보고 있었다. 차오후이는 황당한 표정을 짓고 있었다. 느낌이 이상했다. 머릿속으로 했던 말을 되짚어 보았다.

'이런 큰 실수를 했구나!'

황급히 말을 고쳤다.

"키스가 아니라 다음에 물어보라고…. 잘못 말했어, 미안."
"깜짝이야! 키스해야 알려주는 줄 알았어."
"헐… 이런!"

졸지에 키스를 과외비로 받는 여자가 되었다. 그때 망신을 당하고 절대 헷갈리지 않는다. 더 황당한 일도 있었지만, 이 정도만 하겠다.

누구나 실수를 한다. 모국어가 아니므로 실수하는 게 당연하다. 학생을 가르치다 보면 신중한 성향은 말이 늦게 터진다. 실수하지 않기 위해 오래 생각한다. 말이 좀처럼 나오지 않는다. 생각나는 대로 재잘대는 친구들은 빨리 배운다. 생각 없이 내뱉기 때문이다. 이런 성향은 중국어 배우는 데 장점이 된다.

사실 말이란 내뱉는 것 자체가 엄청난 용기가 필요한 일이다. 그러나 실수도 해봐야 확실히 배울 수 있다. 그렇게 습득한 지식은 평생 까먹지 않는다. 실수는 하나의 좋은 방법이다. 실수를 두려워하지 마라.

5장

꾸준함이 탁월함이다

1

❋

1년 만에 마스터 하겠다고?

초급 때는 속도를 내도 좋다. 하는 만큼 실력이 올라간다. 어제 모르던 말이 오늘 들린다. 초급에서 중급은 빨리 도달한다. 실력 향상 그래프가 45도로 거침없이 올라간다. 기본회화 습득은 하루 12시간, 3개월이면 누구나 가능하다. 그러나 기본회화 완성이 공부의 끝일까? 아니다. 그제서야 본격적인 시작이다. 그 뒤엔 발음을 교정하고 어휘력을 늘려 다음 단계로 올라가야 한다.

중급 실력이 되면 여유를 가져야 한다. 단기간에 되는 건 없다. 여유가 없으면 쉽게 지치고 포기하게 된다. 중급에서 고급으로 가는 단계는 발전이 더디다. 노력해도 좀처럼 늘지 않는다. 공부해도 느껴지는 게 없으니 짜증이 난다. 조급해진다. 나도 그랬다. 초급에서 중급으로 갈 때

성장 속도가 너무 빨라서 천재가 아닐까 착각도 했다. 어느 정도 실력이 되니 자신감이 하늘을 찔렀다. HSK 시험 준비를 하기 시작했다.

당시 HSK 시험은 지금과 달랐다. 현재는 초·중급3, 4급, 중급5급, 고급6급으로 나뉘지만, 당시는 11급까지있었다. 초급3, 4, 5, 중급6, 7, 8, 고급9, 10, 11이었다. 중급 과정은 최소 일 년 이상 공부해야 6급이 나왔다. 중국에 간 지 8개월이 됐을 때 처음으로 HSK 시험에 도전했다. 6급이 목표였다.

"선생님, 저 6급 도전할 거예요."
"6급 힘들지 않을까? 4~5급만 나와도 진짜 잘한 거야."
"아니요. 할 수 있어요."

첫 성적은 5급이었다. 선생님이 성적표를 나눠 주시며 칭찬을 하셨다.

"우리 반에서 5급이 나왔어요. 8개월 만에 5급이면 대단한 거예요!"

기분이 안 좋았다. 충분히 6급이 나올 줄 알았는데 실망이었다. 당시 중국대학에 입학하려면 HSK 점수가 필수였다. 그래서 유학생들에게 HSK 강의를 하는 한국학원에 등록했다. 학원을 등록하는 사람은 '중국대학 입학 준비자, 한국 기업 연수 파견자, 학교 파견 교환학생'의 세 부류였는데, 이 세 부류는 반드시 점수가 있어야만 했다. 그러나 난 성

적이 필요 없었다. 그냥 실력을 객관적으로 증명하고 싶었다. 자기만족
이었다.

공부 일과가 바뀌었다. 차오후이와 더는 회화연습을 하지 않았다. 그
때부터 혼자 공부했다. 다른 사람이 도와줄 수 없었다. 학교 수업이 끝
나면 점심 먹고 학원에 갔다. 돌아오면 종일 도서관에서 HSK 문제와
씨름했다. 다음 시험은 한국 가기 전의 마지막 기회였다. 목표는 8급이
었다. 일 년 만에 6급을 딴 사람들이 몇 명 있었고, 7급은 한 명 있었다.
그러나 8급은 아무도 없었다. 그렇기에 난 마지막 시험에서 8급을 따서
학교 전설로 남고, 당당하게 귀국하고 싶었다. 완벽한 결말을 꿈꿨다.
두 달 내내 밥 먹는 시간을 제외하곤 공부만 했다.

시험일이 됐다. 죽어라 했기에 기대를 했었지만, 결과는 7급이었다.
실망스러웠다. 선생님과 반 친구들이 손뼉을 쳤다. 축하 소리가 들리지
않았다. 눈물이 터질 것 같아 입술을 깨물었다. 굳은 표정으로 교실을
나와 옥상에 갔다. 두 달을 미친 듯이 매달렸는데 목표 급수가 나오지
않아 화가 났다. 한 시간을 울었다. 8급 못 받으면 죽는 것도 아닌데
왜 그렇게 집착했는지 모르겠다. 욕심이 지나쳤다. 과한 욕심이 날 지옥
으로 몰아넣었었다. 지금 생각하면 7급도 대단한 점수였다.

중급 이상이 되게 되면, 공부를 소화시키는 데 시간이 걸린다. 필요한
어휘가 많으므로 그 양을 다 채우려면 6개월 정도 걸린다. 그리고 6개
월이 지나서야 조금 뛰어오른다. 그러나가 또 일징 기긴 변화가 없더기,

어느 순간 조금 뛰어오른다. 그걸 모르고 그냥 초급 때처럼 다 집어넣으면, 바로 소화되는 줄 알았다.

"참 잘했어, 고생했어, 넌 최고야."

스스로에게 이런 말을 해주었다면 기분 좋게 어학연수를 마무리했을 것이다. 그러나 당시의 난 안타깝게도 그러지 못했었다.

한국에 돌아와선 중국에 있을 때처럼 공부할 수 없었다. 전공 공부, 취업 준비를 해야 했다. 하루 한 시간 중국 신문을 보고, 뉴스 20분을 듣는 게 다였다. 학교엔 외국어 장려 장학금이 있었는데, 일정 점수 이상을 제출하면 50만 원을 줬다. 토익은 900점 이상, HSK는 9급 이상이었다. 7급을 받은 지 6개월 정도 지난 시점이었다. 현 상태도 점검할 겸 재미 삼아 시험 접수를 했다. 예전처럼 급수를 받아야 한다는 부담도 없었다. 9급이 나오면 좋고 안 나오면 말고였다. 콧노래를 흥얼거리며 시험을 치러 갔다. 가능성이 희박하기에 참가에 의미를 두었다.

그러나 결과는 9급이었다. 믿을 수가 없었다. 공부를 열심히 한 것도 아니었다. 그렇게 죽으라고 할 때는 안되더니, 편한 마음으로 가니 점수가 나왔다. 어학연수 때 공부한 내용과 한국에서 틈틈이 한 것들이 그제야 소화된 것이었다.

몇 년 뒤 HSK가 현재 기준으로 바뀌었다. 새로 바뀐 시험 유형이 궁금했다. 그때는 HSK 공부를 놓은 지 오래였다. 2주간 기출 문제를 풀고 시험을 쳤다. 신 HSK로 바뀌고 2회차 시험이었다. 고급6급이 무난하게 나왔다. 참 신기했다. 공부를 놓은 지 몇 년이나 지났는데, 지식은 내 속에 여전히 살아있었다.

시간이 지나면 결국 내 것이 되게 마련인데, 그 당시엔 왜 그렇게 조급했었나 후회가 든다. 부담을 가지면 공부가 잘되지 않는다. 당장 표시가 나지 않는다고 지칠 필요가 없다. 보이진 않아도 내면에 차곡차곡 쌓여 가는 중이다. 그렇기에 당신은 자신을 믿고 꾸준히 전진하기만 하면 된다. 일정 수준에 오르면 여유를 가져야 한다.

2

🏵

즐기는 것이 기술

知之者 不如好之者. 好之者 不如樂之者.

지지자 불여호지자. 호지자 불여락지자.

알기만 하는 자는 그것을 좋아하는 사람보다 못하다.

좋아하는 자는 그것을 즐기는 사람보다 못하다.

논어의 옹야편雍也篇에 나오는 구절이다. 모든 일은 즐기는 마음이 최고라는 뜻이다. 중국어도 즐기면서 해야 한다. 즐기는 자는 누구도 이길 수 없다.

어학당에 날라리 남자 한국인이 한 명 있었다. 매일 술을 마셔 늦잠 자느라 수업에 거의 오시 않았다. 하교 후 기숙사로 들어갈 때면 입구에서 부스스한 모습으로 담배를 피우고 있었다. 옆을 지날 때면 술 냄새가 코를 찔렀다. 입구에 학원 전단이 있었는데 쓰여있는 한자를 몰랐다. 날라리가 친구에게 물었다.

"야 이거 뭔 뜻이냐?"
"听力, 会话. 듣기랑 말하기 수업하네."

기본 단어를 전혀 모르고 있었다. 문맹자였다. 그 뒤로 마주칠 때마다 한심한 눈길로 쳐다봤다. 일주일 뒤 도서관에 갔는데, 광장에 사람들이 모여 있었다. 그곳에선 댄스 동아리 사람들이 춤을 추고 있었다. 총 열 명이었는데, 스타일이 세련되어 보였다. 한참 구경하다 보니 눈에 익은 사람이 들어왔다. 그 날라리 한국인이었다. 혼자 한국인이고, 아홉 명은 중국인이었다.

"차오후이, 저기 흰색 티셔츠 한국인인데 맨날 술 먹고,
공부라곤 안 해.
저렇게 노니깐 중국어가 엉망이지."

춤이 끝나고 다들 돌아가면서 한 마디씩 인사를 했다. 그 한국인 차례가 되었다.

'기본 단어도 모르면서 무슨 말을 하겠다고, 감사합니다.
한마디 하겠지….'

기대 없이 메마른 눈길로 지켜보았다.

"여러분 오늘 즐거우셨어요? 저도 즐거웠습니다. 여러분
들은 최고의 파트너예요. 호응을 잘해주셔서 평소보다 더 잘
췄어요…. 오늘 새롭게 선보인 안무는 제가 직접 짠 거예
요……"

"유진, 저 사람 한국인 맞아? 말 진짜 잘하는데?"

입이 떡 벌어졌다. 반전이었다. 외국인인지 모를 수준이었다. 나와 비
교도 되지 않았다. 인사가 끝나고 친구들과 장난을 치는데, 완벽한 중국
인이었다. 충격이었다. 은둔 고수를 마주한 기분이었다.

다음날 그는 여전히 기숙사 입구에서 쪼그린 채 담배를 피우고 있었
다. 전과 다르게 보였다. 어떤 사람인지 궁금했다.

"어제 춤 잘 봤어요. 중국에 온 지 얼마나 됐어요?"
"봤어요? 일 년이요."
"중국어 잘하던데 화교예요?"
"아뇨. 친구들이랑 어울리다 보니 말만 하는 거지, 한자는
하나도 몰라요. 순 엉터리예요."

엉터리가 아니었다. 유학생 중 가장 잘했다. 중국어를 한 번도 책상에
서 공부에 본 적 없다고 했다. 빌음기호도 몰랐다. 춤이 좋이 동이리에

가입했고, 친구들이 하는 말을 따라 했는데 그게 재미있었다고 했다. 중국어 성조가 노랫소리 같아서 말을 할 때마다 절로 몸이 들썩인다고 했다. 말소리에 맞춰 춤을 출 때가 제일 신난다고 했다. 그렇게 놀다 보니 저절로 됐다고 했다.

운동장에서 갈비뼈가 아프도록 발음 연습했던 내 모습이 떠올랐다. 숨이 잘 쉬어지지 않아, 가슴을 부여잡고 운 적도 있었다. 실력이 빨리 안 오를 땐, 머리를 쥐어뜯으며 공부했다. 중국어를 좋아했지만, 대부분

은 고통의 시간이었다. 공자 말을 빌리자면, 중국어를 좋아하는 사람이지 즐기는 건 아니었다. 좋아하는 자는 즐기는 자를 이길 수 없었다. 그는 진정으로 즐기는 자였다.

그를 보고 큰 깨우침을 얻었다. 열심히 하는 것도 좋지만 즐기는 자세가 더 중요하다는 것을 알았다. 그러나 진리를 알게 되었어도, 불행히도 즐길 순 없었다. 공부에 대한 욕심이 너무 앞서서 스스로를 고통으로 몰아넣었다. 일 년 안에 끝내야 한다는 압박으로 인해 전혀 즐기지 못했다. 지금 생각하면 후회가 된다. 즐기면서 했다면, 그 기간이 더 행복한 기억으로 남았을 것이다. 효과가 훨씬 좋았을 수도 있다.

학생들이 중국어 공부하는 법을 물으면 초급자에게는 무조건 많이 하라고 한다. 중급자 이상부터는 즐기라고 한다. 공부라고 생각하는 순간 고통이 된다. 중국어를 평생을 함께하는 취미로 생각해야 한다. 중국어 공부는 한순간에 되는 게 아니라, 길고 긴 터널을 끝없이 지나야 한다. 즐기지 않으면 오래 버틸 수 없다.

3

⊛

문화를 알아야 중국어가 보인다

문화를 이해하면 중국어가 훨씬 쉽다. 중국어는 문화와 관련된 단어가 많다. 색깔, 음식, 숫자 등등. 그렇기에 그 배경을 알면 쉽지만, 모르면 뜬금없게 느껴진다. 처음엔 이런 단어들을 그냥 외웠다. 참 이상한 표현을 쓴다 생각했다. 시간이 지나 관련 이야기를 알고 나니 그렇게 재미있을 수가 없었다.

예를 들면, 중국어는 색깔마다 의미를 담고 있다. 중국인이 제일 좋아하는 색깔은 붉은색紅이다. 붉은색은 행운, 복, 성공을 의미한다. 한국은 축의금, 세뱃돈을 흰 봉투에 담아 주지만, 중국은 붉은 봉투이다. 이 봉투를 '홍바오紅包'라고 부른다. 홍바오는 돈을 의미한다. 홍바오를 줬다는 말은 돈을 줬다는 뜻이다. "홍紅"은 인기 있고 유명하다는 의미를 담고 있다. 인터넷 유명인사는 '왕훙网红', 잘나가는 연예인은 '훙씽红星'이다. 단어에 '훙红'이 들어가면 성공, 유행을 뜻한다.

황색黄은 황제의 색깔이다. 돈, 부유함을 상징한다. 붉은색 다음으로 좋아하는 색깔이다. 축의금 봉투는 붉은색에 황금색으로 글자가 새겨져 있다. 그러나 최근 들어선 황색의 의미가 변하여, 퇴폐적이고 음란함을 상징하기도 한다. 예를 들어 에로 영화를 '황색 영화黄色电影'라고 한다던가 사업이 잘 안될 때 '황색이 되었어黄了'라고 표현한다.

흰색白은 죽음을 상징한다. 한국에서 흰색은 깨끗함, 청렴함의 상징이지만, 중국은 다르다. 흰 봉투는 부의금을 낼 때만 사용한다. 만약 기쁜 일에 흰 봉투를 내민다면 큰 실례가 된다. 저주하는 뜻과 같아 조심해야 한다. "홍백红白"는 길흉을 의미한다. '훙红'이 기쁜 일이고 '백白'이 흉한 일이다.

검은색은黑 중국인이 싫어하는 색이다. 범죄, 사악함, 올바르지 않은 일을 나타낸다. 단어에 검은색이 들어가면 대부분 나쁜 뜻이다. '헤이스(흑시장)黑市'은 암시장을 말한다. '헤이하이즈(흑해자)黑孩子'는 호적이 없는 아이를 말한다. 중국은 산아 제한 정책으로 1명만 출산할 수 있어, 2명부터 벌금을 내야 한다. 그러나 시골에서는 이를 감당할 수 없어 출산 후, 출생신고를 하지 않기 때문에 '헤이하이즈'는 심각한 사회문제 중 하나이다.

녹색緣은 부정, 불륜을 의미한다. 원나라 때 매춘부의 남편이나 가족에게 녹색 모자를 쓰게 했었는데, 이때부터 녹색은 부정한 의미를 지니게 되었다. '녹색 모자를 쓴다戴绿帽子'라는 말은 배우자가 바람을 피운다는 의미이다. 하루는 이런 경험이 있었다. 중국에서 미용실에 갔었는데, 손님 두 명이 한국 아이돌 사진을 보다가 갑자기 웃기 시작했다.

"으하하 녹색 모자를 썼네, 아 웃겨라!"
"그러네, 이거 쓰고 중국 오면 진짜 웃기겠다!"

녹색의 의미 때문이었다. 중국에서 녹색 모자 파는 걸 본 적이 없고, 쓰는 사람도 본 적 없다. 간혹 녹색 모자를 쓴 사람은 모두 외국인이었고, 그 사람이 걸어가면 주변에서 실소를 터트렸다. 중국 여행 갈 때 웃음거리가 되고 싶지 않다면 녹색 모자는 피하길 바란다.

음식과 관련된 단어도 많다. '식초를 먹다吃醋'는 질투를 의미한다. 처음 이 단어를 접했을 때 뜬금없었다. 실제 의미가 단어와 전혀 상관이 없었다. 관련 배경을 알고 나니 이해가 되었다.

질투를 뜻하는 '식초 먹다吃醋'는 당나라 재상 방현령에서 유래한 말이다. 방현령이 큰 공을 세워 당 태종이 미녀를 하사하려고 했다. 방현령 부인이 질투가 심해 거절했다. 왕후까지 나서 부인을 설득했지만 듣지 않았다. 화가 난 당 태종이 사약을 내렸다.

"방현령 부인은 첩을 받든지 사약을 먹든지 하나를 택하
시오."

부인은 망설임 없이 사약을 들이켰다. 그러나 그것은 사실, 사약이 아
니라 식초였다. 당연히 부인은 죽지 않았고, 첩도 들이지 않았다. 그 뒤
부터 '식초를 먹는다'는 '질투'를 의미하게 되었다.

'오징어 볶다炒鱿鱼'는 '해고당하다'는 뜻이다. 오징어를 볶을 때 오그
라드는 모습에서 유래했다. 해고당하면 개인 소지품을 둘둘 말아서 들
고 나간다. 그 모습이 오징어를 볶을 때 오그라드는 모습과 비슷해서
'해고'를 뜻하게 됐다.

'두부를 먹다吃豆腐'는 성희롱을 말한다. 이 단어는 중국에서 직장 생
활할 때 알게 되었다. 중국인 여직원들이 탕비실에서 한 임원 이야기를
하고 있었다.

"짜증 나. 전무님이 두부 먹는 걸 좋아하잖아."
"역겨워. 다 늙어서 왜 두부를 먹는 거야? 징그러워 죽겠어."

이해가 되지 않았다. 두부 먹는 게 나쁜 건가 싶었다. 여직원에게 물
었다.

"두부 먹는 게 왜 역겨워? 많이 흘리면서 먹어?"

"그게 아니라 성희롱한다는 뜻이야."

"근데 왜 두부 먹는다고 해?"

"원래 그렇게 써. 나도 몰라."

두부와 성희롱? 연결고리가 없었다. 이해가 되질 않았다. 유래를 찾아
봤다. 옛날 한 부부가 두부 가게를 열었는데 부인이 미인이었다. 남자들
이 부인을 보려고 모여들었다. 두부를 살 때 집적거리며 추파를 던졌다.
소문이 나자 동네 부인들이 남편을 단속하기 시작했다.

"오늘 또 두부 먹으러 가냐!"

그 후 '두부 먹는다'는 '추파 던지다, 성희롱하다'를 뜻하게 되었다고
한다. 관련된 이야기를 알고 나니 확실히 이해가 되었다.

이처럼 문화를 알면 쉬운데 모르면 알쏭달쏭한 단어들이 많다. 색깔
의 의미를 알면 그 단어를 몰라도 좋은 의미인지 나쁜 의미인지 파악할
수 있다. 뜬금없는 단어가 있다면 유래를 찾아보기 바란다. 1분이면 충
분하다. 관련 이야기를 알고 나면 그 단어는 절대 잊어버리지 않는다.
평생 내 것이 되는 것이다.

4

관심사를 중국어와 연결해라

중국어를 취미로 만들어야 한다. 공부라고 생각하면 지치고 하기 싫어진다. 재밌거리라 생각해야 꾸준히 할 수 있다. 누구나 관심사가 있다. 그 관심사를 중국어와 연결해야 한다.

난 영화를 좋아한다. 아무리 바빠도 관심 있는 개봉 영화는 꼭 본다. 팍팍한 일상에 안식을 주는 취미이다. 초등학교 때, 아빠가 중국 영화를 좋아해서 일주일에 한 번은 봤었다. 주윤발, 유덕화가 출현하는 누아르 홍콩 영화, 이연걸의 황비홍 시리즈가 인기였다. 그때는 비디오 대여점이 있었어서, 비디오 출시일이 가까워져 오면 대여점에 영화 포스터가 붙었다. 아빠는 퇴근하시면 비디오를 빌려오게 했다.

"아저씨 황비홍 투 나왔어요?"

"오늘 나왔는데 다 빌려 갔어, 내일 오후에 다시 와."

"예약 안 돼요?"

"신작은 예약 안 돼, 선착순이야."

인기가 많은 영화는 한 번에 빌리기 어려웠다. 며칠을 방문해야 겨우 빌릴 수 있었다. 어린 눈으로 본 황비홍은 신기했다. 현란한 무술과 시끄러운 말소리, 화려한 복장. 시대 배경도 모르고, 그게 중국의 당시 모습인 줄 알았다.

그 시절 기억에 남는 영화는 '패왕별희'였다. 전개가 복잡해 내용은 이해되지 않았다. 신기한 화장, 생소한 경극 소리, 잘생긴 장국영이 머릿속에 남았다. 어학연수를 마치고 와서 '패왕별희'를 다시 보았다. 느낌이 달랐다. '문화 대혁명'이라는 시대적 배경에 휘둘리는 두지장국영의 삶이 기구했다. 가슴이 아렸다. 중국어 대사가 바로 들렸다. 자막으로는 전할 수 없는 중국 감성을 느낄 수 있었다. 몰입이 잘 됐다. 패왕별희를 보고 나서 중국어 배우기를 잘했다고 느꼈다. 그런 작품을 알아들을 수 있다는 자체가 영광이었다.

그 뒤부터 중국 영화는 취미가 되었다. '초한지', '적벽대전' 같은 시대물은 한 번에 알아듣기 어려워 몇 번을 봤다. 난 역사를 좋아해서 이런 종류의 영화를 많이 보지만, 사람마다 취향이 다를 것이다. 중국어 공부를 하기에 가장 무난한 영화는 청춘들의 사랑 이야기다.

그 시절 우리가 좋아했던 소 那些年，我们一起追的女孩
나의 소녀시대 我的少女时代
말할 수 없는 비밀 不能说的秘密
먼 훗날 우리 后来的我

이런 영화는 잔잔한 일상 대화가 나오기 때문에 이해하기 쉽다. 내용도 재미있다. 중국어를 잘해도 다 알아들을 수는 없다. 대신 보는 방법이 있다. 처음은 중국어 자막으로 2번 본다. 더 봐도 괜찮다. 안 들리는 말, 자막을 봐도 모르는 말이 있다. 사전을 찾을 필요 없다. 상황을 보고 어떤 말일까? 짐작해 본다. 그 다음 한국어 자막으로 본다. 중간중간 몰랐던 내용이 이해된다. 짐작한 내용이 어느 정도 맞았는지 확인해본다. 다시 중국어 자막으로 본다. 몰랐던 단어가 들리면서 이해가 된다.

꼭 영화를 봐야 하는 건 아니다. 드라마를 좋아하면 중국 드라마를 봐도 된다. 드라마도 잔잔한 일상대화를 들을 수 있는 작품이 좋다.

친애적열대적 亲爱的热爱的
치아문단순적소미호 致我们单纯的小美好
미미일소흔경성 微微一笑很倾城

이러한 청춘 드라마가 대사가 쉬워 공부하기 좋다. 인기가 높았던 작품들이라 내용도 재미있다.

예능을 좋아한다면 한국 예능이 중국 버전으로 제작된 것이 많다. '아빠 어디가', '런닝맨', '나는 가수다' 등등. 많은 예능이 중국판으로 제작되었다. 가볍게 볼 수 있어 재미있다. 이런 것들에선 유행어, 신조어를 쉽게 접할 수 있다.

　　노래를 좋아한다면 중국 노래를 따라 부르면서 가사를 음미하는 것도 좋다. 어학연수 당시, 중국 선생님께 '월량대표아적심月亮代表我的心', '첨밀밀甜蜜蜜', '친구朋友'를 배웠다. 어색한 발음으로 열심히 따라 불렀다. 오랜시간이 지났음에도 불구하고 아직도 가사를 외우고 있어 가끔

노래방을 가면 중국 노래를 부른다. 최근 중국음악을 보면 감각적인 노래가 많은데, 요즘 매일 듣는 노래는 '평범하게 네 곁에 있고 싶어我愿意平凡的陪在你身旁'이다.

못생기면 오래 살고	长得丑 活的久
잘생기면 빨리 늙지	长得帅 老的快
난 차라리 못난이가 될래	我宁愿当一个丑八怪
적극적이고 귀여운...	积极又可爱
난 차라리 평범한 사람이 되어	我宁愿做一个平凡的人
네 곁에 있을래	陪在你身旁

가사가 재미있다. 발음이 부드럽고 리듬감 있다. 아침에 커피와 함께 들으면 하루가 행복해진다. 취향에 맞는 노래가 있으면 자주 듣고 불러 보길 바란다. 어느 순간 자연스럽게 흘러나올 것이다.

개인의 관심사가 다 다를 것이다. 게임, 여행, 미용, 아이돌 등등. 유튜브에 수많은 콘텐츠가 있다. 유튜브를 안 보는 사람은 없을 것이다. 좋아하는 분야를 중국어로 들을 수 있는 채널을 구독하길 바란다. 관심사를 중국어와 함께한다면 재미와 공부, 두 마리 토끼를 잡을 수 있다.

5

매일 낭독하라

어느 수준에 올랐어도 지속해서 연습해야 실력이 유지된다. 모국어가 아니므로 오래 사용하지 않으면 감각을 잃어버린다.

예전에 석사를 마치고 몇 달의 여유가 생겨 골프를 3개월 배웠다. 한 번 빠지면 끝을 보는 성격이라 매일 한 시간씩 교습받았다. 끝나고도 혼자서 연습했다. 코치가 그렇게 무리하면 허리 다친다고 걱정할 정도였다. 공이 잘 맞았을 때 손으로 전해지는 진동이 짜릿했다. 3개월이 됐을 때 초급자치고 굉장히 잘 치게 되었다. 더 배우고 싶었지만, 박사 진학 준비로 그만두게 되었다.

교습 때 코치가 알려준 말이 기억난다. 운동은 대근육과 소근육을 쓰

는 운동이 있다. 수영, 보드 같은 운동은 대근육을 쓴다. 그만두고 몇
년 후에 해도 근육이 동작을 기억하고 있다. 몇 번만 연습하면 금방 예
전처럼 할 수 있다. 골프는 소근육은 쓰는 운동이다. 한 달만 안 해도
자세가 망가지고, 일 년을 안 하면 처음부터 다시 배워야 한다고 했다.

이 말이 맞다고 느낀 것이 골프를 그만둔 지 일 년쯤 됐을 때, 연습장
에 갔었다. 매일 반복한 동작인데 전혀 기억나지 않았다. 몇 번을 휘둘
러 봤지만, 예전의 그 느낌이 아니었다. 팔다리가 따로 놀았다. 코치가
고개를 흔들며 다가왔다.

"다 죽었네! 다 죽었어. 자세 어떡할 거야? 배운 거 다 까
먹었죠?"
"이게 왜 이러죠? 하나도 생각이 안 나요."
"말했잖아 안 하면 금방 까먹는다고…."
"어떡해요?"
"뭘 어떡해? 처음부터 다시 시작해야죠."

중국어도 골프와 비슷하다고 생각한다. 자주 쓰지 않으면 점점 퇴보
한다. 대학원에 진학하면서 논문 연구에 집중하다 보니 중국어 사용할
일이 없었다. 수업 준비, 강의 준비, 프로젝트, 조교 근무 등등 다른 일
이 많다 보니 발음 연습은 늘 뒷전이 되었다. 치열하게 공부했었기에
그 실력이 늘 있다고 자만하고 있었다. 그래서 대만에 박사과정을 하러
갔을 땐, 몇 년간 중국어를 사용하지 않은 상태였다. 도착한 다음 날

학과장께 인사하러 갔다. 인자한 인상의 교수님이었다.

"어제 도착했다고요? 잘 왔어요. 연구 분야가 뭐예요?"

"......현대 중국어 어법이에요."

"연구 주제는 정했나요? 뭐예요?"

"......의문 대사 비의문 용법에 관심 있어요. 인지 이론으로 풀어낼 생각이에요."

"집은 어디에 구했어요?"

"......신축 기숙사에 들어갔어요. 시설이 깨끗하더라고요."

"온 지 얼마 안 됐으니 기숙사가 편할 거예요. 어려운 점 있으면 언제든 찾아와요."

"네, 감사합니다."

대학원에서 이루어지는 평범한 대화였다. 답변하는데 2초씩 시간이 걸렸다. 말이 생각한 대로 바로 나오지 않았다. 알아들었지만 입이 굳어 바로 튀어나오지 않았다. 면담을 마치고 나와서 심각성을 깨달았다.

'그동안 너무 방심했구나! 이 버퍼링을 어쩌면 좋지?'

듣는 사람은 비슷했겠지만 스스로 발음이 어색하게 느껴졌다. 예전과 달랐다. 예전에 재잘대던 모습이 꿈처럼 느껴졌다. 바로 중국어 병음 표를 출력했다. 발음기호이다. 한국어로 치면 가나다라이다. 십 년 진에

끝냈던 발음을 다시 시작해야 했다. 기분이 이상했다. 잃었던 감각을 끌어 올려야 했다. 발음은 390개, 4개의 성조를 입히면 총 1560개이다. 책상에 병음 표를 붙이고 매일 아침 한 번씩 연습했다. 30분이 걸렸다. 입이 완전히 풀리는 데 한 달이 걸렸다.

아무리 열심히 공부했어도 관리하지 않으면 최상의 실력을 유지할 수 없다. 중국어가 발음이 잡혀 그 부분은 더는 공부 할 것이 없다고 느낄 수 있다. 착각이다. 쓰지 않으면 실력은 조금씩 퇴보한다. 듣기와 독해는 오랜 시간 하지 않아도 별 차이가 없다. 말하기는 다르다. 오랫동안 하지 않으면 입이 굳어서 생각대로 발음이 나오지 않는다.

컴퓨터 바탕화면이 중국어 병음 표이다. 지금도 책상 앉으면 매일 발음을 읽는다. 하루의 정해진 일과이다. 그렇게 치열하게 공부했는데 감각을 잃을까 봐 두렵다. 중국어 공부는 안심하면 안 된다. 까다로운 발음에 성조까지 있어 조금만 소홀히 해도 발음이 틀어진다.

눈에 가장 잘 띄는 곳에 병음표를 붙이기 바란다. 초급자, 중급자, 고급자 모두 해당한다. 초급자는 매일 해야 한다. 중급자와 고급자는 매일 하기 어렵다면 격일로 해도 좋다. 일주일에 한 번도 좋다. 중요한 건 지속하는 것이다. 놋그릇을 관리하듯이 수시로 닦아 광을 내야 한다.

종이 한 장이 여러분의 발음을 빛나게 유지 시켜줄 것이다.

6

⊛

중국어를 쓸 수 있는 환경을 조성해라

주변을 중국어를 사용할 수 있는 환경으로 만들어야 한다. 사실 한국에서 중국어를 사용할 일이 없다. 인위적으로 주변 환경을 바꾸어야 한다. 어학연수를 마치고 한국에 들어왔을 때 4학년 2학기라 취업 준비로 바쁜 시기였다. 면접 스터디, 자격증 공부, 학점관리 등, 여유가 없었다. 애써 배운 중국어를 잊을까 불안했다.

중국 신문 독해 스터디를 만들었다. 팀원들이 있으면 강제로라도 공부를 하기 때문이었다. 학교 홈페이지에 스터디 모집 글을 올렸는데 생각보다 꽤 모였다. 다양한 학과에서 여덟 명이 왔다. 어학연수 경험이 있는 사람은 내가 유일했다. 어쩔 수 없이 팀장이 되었다. 매주 기사 한 편을 선택해서 팀원들에게 보냈다. 일주일 동안 공부해서 다 같이 해석하는 방식으로 진행되었다. 기사 한 편을 선택하려면 스무 개는 봐야 했다. 이상한 사건 사고나 너무 어려운 건 제외했다. 사회, 문화 중에서 난이도가 적당한 거로 골랐다. 선택하는 데 반나절이 걸렸다.

기사가 결정되면 해석을 해야 했다. 팀원들은 모르는 게 있으면 체크를 하고 들고 왔다. 모두 나에게 물었기 때문에 강제로 공부해야 했다. 빠지고 싶은 날도 있었지만, 안가면 진행이 안 되니 무조건 참석해야 했다. 한 학기 후 졸업하면서 스터디는 반년의 역사로 사라졌다. 짧은 기간이었지만 알찬 시간이었다. 그때 공부한 것이 HSK 고급시험에 많은 도움이 되었다.

한국에서도 중국 친구를 사귀는 것이 좋다. 4학년 2학기 교양수업에 중국 유학생이 있었다. 갓 한국에 와서 한국어를 거의 못 했다. 내 앞에 앉아있었는데 교수님 말을 못 알아들어 헤매고 있었다. 난처해하는 모습이 안쓰러워 중국어로 알려주었다.

"다음 주까지 과제 제출하래요."
"아 고마워요. 한국인이세요?"
"네."
"우와 중국어 잘하네요."

중국어로 설명해주니 엄청나게 좋아했다. 수업이 끝나고 이런저런 이야기를 나누었는데 재미있는 친구였다. 이름은 '쥐신' 이였고 동북지방

장춘 출신이었다. 북방 사람들은 성격이 괄괄하고 호탕하다. 쥐신은 통통한 체격에 홍콩 배우 홍금보를 닮았었다. 그 얼굴로 어눌하게 한국어를 하면 어리숙해 보였다. 중국어를 할 때는 인상이 돌변했다. 거칠고 툭툭 내뱉는 깡패 같은 말투였다. 욕도 찰지게 잘했다. 전형적인 북방 남자였다. 상해에서 부드러운 말투만 듣다가 투박한 중국어를 들으니 새로웠다. 수업에서 팀끼리 과제를 했었는데 쥐신과 내가 같은 조였다. 서툴게 한국어를 하면 팀원들은 쥐신이 순박하다 생각했다. 남자들이 귀여워하며 자주 놀렸다.

"우리 쥐신이 이렇게 순수해서 어떡해…. 한국에서 사기 안
당해야 할 건데."

쥐신은 그럴 때면 머리를 긁적이며 어리숙하게 웃었다. 팀원들이 사라지면 표정이 돌변했다.

"어휴. 한 주먹도 안되는 것들이 까부네."

한국어가 어눌하다고 사람이 바보인 건 아니었다. 쥐신은 호탕하고 남자다웠다. 성격이 잘 통해서 자주 어울렸다. 서로 공부를 도와주었다. 북쪽과 남쪽은 말이 다른데 제일 차이가 나는 게 '얼화儿话'이다. 북방은 단어 끝에 '얼儿(er)'을 많이 붙인다. 북방 사람은 얼화를 쓰지 않는 남방 사람을 촌놈이라 생각한다. 남방 사람은 얼화를 쓰면 북방 촌놈이라 한다. 서로 촌놈이라고 놀린다.

요꼬가 북경에 여행 갔을 때 있었던 일이다. 천안문에 가려고 택시를 탔다. 천안문은 중국어로 '톈안먼天安门'이다.

"톈안먼 가주세요."
"어디?"
"톈안먼이요."
"어디?"
"톈 안 먼 이요."
"아~~ 톈 안 머얼天安门儿."

북경 택시 기사는 알아들었음에도 일부로 못 알아듣는 척을 한다. 얼화를 쓰지 않는 남쪽 출신인 걸 알고 놀리는 것이다. 상해에서 얼화를 들은 적도 해본 적도 없었다. 쥐신을 만나고 '얼화'가 뭔지 정확하게 알 수 있었다. 모든 단어마다 '얼儿' 붙였다. 계속 듣다 보니 재미있었다. 나도 점점 따라 하게 됐다. 매일 쥐신 말투를 흉내 냈다.

상해에서 직장 생활을 할 때 중국 전역에 지점이 있었다. 북쪽, 남쪽을 바쁘게 돌아다녔다. 쥐신에게 배운 얼화는 북쪽에 가면 사용했다. 남쪽에 오면 얼화를 싹 빼고 말했다. 반복하다 보니 중국어가 북쪽과 남쪽의 경계선 어딘가에 있었다. 북쪽에서 택시를 타면 기사가 말했다.

"남쪽에서 오셨나 봐요."

남쪽에서 택시를 타면 기사가 말했다.

"북쪽에서 오셨나 봐요."

북쪽도 남쪽도 아닌 박쥐 같은 사람이 되었다. 중요한 건 난 한국인이
었다. 아무도 외국인이라고 하지 않았으니 그걸로 성공이라고 생각한
다.

중국에서만 중국어를 배울 수 있는 게 아니다. 중국에서도 한국인 하고만 어울리면 의미가 없다. 한국에서도 주변의 환경을 바꾸면 얼마든지 중국에 있는 효과를 누릴 수 있다. 하기 나름이다. 주변을 하나씩 바꿔보기 바란다.

7

세련된 말투를 연습하라

중국어가 고급수준에 이르면 말투를 다듬어야 한다. 중국은 북쪽과 남쪽이 말투가 다르다. 북경을 중심으로 주변 지역은 말투가 괄괄하고 투박하다. '얼화'도 심하고 혀를 말면서 내는 '권설음'도 살아있다. 단어가 리듬을 타면서 쭉 이어진다. 들을 때 왕왕 울리는 느낌이 든다. 남쪽은 단어별로 딱딱 끊어진다. 깍쟁이 같은 말투다. 얼화가 없고 권설음도 심하지 않아서 담백한 느낌이 든다. 북쪽과 남쪽 모두 본인 지역 말투가 멋지다고 생각한다.

상해에서 어학연수 할 때 북방지역 말투를 들을 일이 없었다. 형부 친구 중에 북경에서 대학을 졸업하고 상해에서 일하는 사람이 있었다. 가끔 다 같이 밥을 먹었었는데, 전형적인 북경어를 썼었다. 얼화와 권설음을 잘해서 사람들이 일부로 중국어를 해보라고 시키기도 했다. 그때는 가장 정확한 표준어는 북경어라는 인식이 강했다. 얼화와 권설음을 배우려면 무조건 북경으로 가라고 추천했었다. 언니가 있어서 상해에 왔지만 배우다 보니 북경으로 갈 걸 그랬다는 아쉬움이 들었다. 상해에서는 얼화와 권설음을 들을 수가 없었다. 형부 친구의 왕왕 울리는 중국어가 굉장히 세련돼 보였다. 멋있게 느껴졌다. 얼화, 권설음에 대한 로망이 있었다.

한국에 돌아와서 쥐신과 친하게 지내며 얼화와 권설음을 스펀지처럼 흡수했다. 졸업하고 중국에서 일하면서 첫 발령지가 천진이었다. 북경 바로 밑에 있는 큰 도시이다. 이 지역도 얼화와 권설음을 사용했다. 1년간 머물렀었는데 얼화와 권설음을 원 없이 사용했었다.

천진 사람들의 말투를 따라 했다. 모두 툭툭 내뱉는 거친 느낌의 말투였다. 목소리도 크고 과장된 느낌이었다. 속도도 엄청 빨랐다. 중국어는 원래 거친 느낌이 세련된 말투라고 생각했다. 발음도 잡혀 있었기에 속도를 내서 빨리 말하는 게 습관이 되었다. 완벽한 중국어를 사용한다고 스스로 굉장히 만족하던 시기였다.

대만에 박사과정을 하러 갔을 때 사람들의 말투를 듣고 신기했다. 대만 사람들은 조곤조곤 귀여운 말투였다. 속도도 그렇게 빠르지 않았다. 전공 교수님과 면담을 할 때였다. 대만은 중국을 대륙이라고 부른다.

"유진은 대륙 말투가 강하네. 대륙에 오래 있었어?"

"네. 4년 있었어요."

"아, 어쩐지⋯. 그래서 그렇구나."

교수님의 뉘앙스가 이상했다. 칭찬하는 느낌이 아니었다.

'대륙 말투면 전통 중국어가 아닌가? 좋은 거 아닌가? 저 느낌은 뭐지?'

대만에서 한국 유학생들이랑 친하게 지냈었다. 대만에서 4년 이상 지 낸 대만통 친구가 있었다.

수님이 나보고 대륙 말투가 강하다는데 칭찬하는 느낌이 아니어서⋯. 뭐야?"

"대만 사람은 대륙 말투가 투박해서 촌스럽다고 생각해 요."

"대만 말투는 귀여운 말투던데 그게 세련된거야?"

"요즘에는 대만의 귀여운 말투가 대륙에도 유행이래요."

대만은 남녀 할 거 없이 깜찍하게 말했다. 나이가 있는 사람은 덜하지 만 젊은 사람은 남녀 구분 없이 다들 애교스러운 말투였다. 목소리도 크지 않고 조곤조곤 얌전한 말투였다. 공공장소에서도 시끄럽게 떠드는 사람을 찾기 힘들었다. 예의도 바르고 질서를 잘 시켰다. 대륙과 기실이 전혀 달랐다. 그런 분위기에서 내 말투는 너무 시끄럽고 튀었다. 대륙 느낌을 빼기 시작했다. 빠르게 왕왕대던 말투를 침착하고 느린 말투로 바꾸었다. 툭툭 던지는 느낌을 애교 섞인 느낌으로 바꾸었다. 얌전한 말투가 익숙하지 않아 교정에 몇 달이 걸렸다. 대륙 남쪽의 딱딱 끊어지는 말투에서 시작해 북쪽의 괄괄한 말투로 넘어갔다. 그 후에 대만의 귀엽고 조곤조곤한 말투를 익혔다.

어차피 모든 지역은 다른 지역 말투를 촌스럽다고 생각한다. 북쪽에 가면 사람들은 이렇게 말한다.

"남쪽 사람들은 때때때 거려."

말이 딱딱 끊긴다는 말이다. 남쪽에 가면 사람들이 이렇게 말한다.

"북쪽 사람들은 말끝마다 '얼얼' 거려."

어떤 지역에 갈 때마다 그쪽 말투를 쓰려고 노력했었다. 자유자재로 사용하면 상관없지만 그러기는 힘들다. 지역을 옮길 때마다 그 지역 말투를 쓰면 생활할 때 덜 배타적이겠지만 나만의 개성적인 말투를 만들기 힘들다. 여러 지역의 말투를 익힌 결과 결론은 자기 이미지에 가장 맞는 말투를 연습하면 된다. 북방의 남성적인 말투, 남방의 담백한 말투, 대만의 귀여운 말투 모두 괜찮다. 개인의 취향대로 선택해서 자신만의 말투를 만들어야 한다.

속도가 빠르다고 말을 멋지게 하는 사람이 아니다. 한국어도 말을 빠르게 하는 사람을 멋지다고 생각하지 않는다. 그냥 말이 빠른 사람일 뿐이다. 오히려 말이 빠르면 경박하게 느껴진다. 중국어도 똑같다. 속도가 빠르면 이미지가 가벼워 보인다. 예전에는 빠른 속도가 멋있어 보였다. 이제는 아니다. 느리고 조곤조곤 말투가 세련되고 좋다. 내가 제일 좋아하는 말투는 여배우 '탕웨이'와 '저우쉰'이다. 저음의 느린 중국어가 우아하고 고급스럽다.

지역, 속도 상관없이 개성 있는 자신만의 말투를 만들기 바란다. 당신의 중국어를 한층 더 고급스럽게 만들어 줄 것이다.

8

중국어가 준 3가지 선물

"多一个语言，开一个世界."

"한 언어를 배우면 한 세계가 열린다."

중국에서 공부할 때 어학당 선생님이 늘 하시던 말씀이다. 중국어를 배우고 중국이라는 한 세계가 열렸다. 친구가 생겼고 문화를 배웠다. 시야가 열렸다. 가치관도 변했다. 열대과일이 궁금해서 가볍게 시작한 중국어였다. 이제는 인생의 동반자가 되었다.

처음 중국어를 배웠을 땐, 열정만 넘쳤다. 열정에 비해 실력이 안 올라 자괴감이 들었다. 안 하면 죽인다고 누가 따라오는 것도 아닌데 왜 그리 조급했는지 모르겠다. HSK 점수가 나오지 않아 옥상에서 울던 날이 기억난다. 그곳은 맘 놓고 울 수 있는 유일한 공간이었다. 셀 수 없이 갔었다. 그런데도 그 시절은 행복하고 아름다운 기억이다. 중국어를 진심으로 사랑했었나 보다. 사랑하면 가끔 주는 당근에 감동하여 시련에도 포기하지 않는다. 성취감이 당근이었다. 사랑했기에 과정이 힘들었어도 행복했었다. 나만의 짝사랑이 아니었다. 중국어는 내게 더 많은 것을 선물해 주었다.

중국어는 내가 어떤 사람인지 알려주었다. 중국어를 알기 전 평범하게 살았다. 튀어 본 적이 없었다. 남들과 같은 선택이 최고라 믿었다. 중국에 가서 감싸고 있던 단단한 알을 깰 수 있었다. 그곳에서 발견한

나는 모험심이 강한 사람이었다. 도전을 즐기고 의지가 강했다. 몰랐던 모습이었다. 중국어가 잠재되어 있던 모습을 끌어내 주었다. 혼자 뭔가 해본 적이 없었다. 늘 가족, 친구와 함께였다. 그게 당연했다. 중국에서 모든 것을 혼자 헤쳐나가야 했다. 중국어도 마찬가지였다. 넘을 수 없는 산처럼 힘겨운 도전이었다. 처음에는 힘들었지만 할수록 극복하는 게 재미있었다. 무언가를 해낸다는 게 짜릿했다. 이때 깨우친 모험심과 독립심은 인생을 살아가는 방법이 되었다. 새로운 도전을 두려워하지 않게 되었다.

중국에서 직장 생활을 할 때 출장이 많았다. 한 달에 절반은 다른 지역에 있었다. 본사에서 출장을 가면 지점에서 매니저가 마중을 나왔다. 일이 바쁜데 공항까지 가야 하니, 오는 것을 반기지 않는 지점도 있었다. 나는 혼자 잘 찾아갔다. 처음 가는 길이 즐거웠다. 임무 수행 같았다.

"유진씨 잘 찾아왔네요. 처음이라 헤맬 줄 알았는데…."

깜짝 놀라는 매니저의 표정을 보면 어깨가 으쓱했다. 임무 성공이었다. 내가 간다고 하면 어떤 지점이든 환영했다. 따로 신경 쓸 게 없었다. 이동, 숙소, 식사 모든 것을 알아서 해결했다.

"혼자서 어떻게 그렇게 잘 다녀? 진짜 용감하다."

사람들이 항상 하는 말이었다. 중국어 덕분이다. 어려움을 극복했기 때문에 자신감이 생겼다. 도전할 수 있는 용기도 생겼다. 지금도 늘 새로운 일에 도전한다. 자신을 믿는다. 그때 중국에 가지 않았다면 도전과는 거리가 먼 삶을 살고 있을 것이다. 도전을 두려워하지 않는 삶을 주었다. 중국어가 준 첫 번째 선물이다.

중국어가 준 두 번째 선물은 시야와 포용력이다. 중국에서 일하면서 많은 일을 겪었다. 좋은 일, 나쁜 일, 황당한 일. 대부분이 중국이었기에 겪을 수 있는 일이었다. 경험의 폭이 넓어졌다. 세상을 보는 시각도 바뀌었다. 예전은 우물 안 개구리였다. 중국에서 지내며 세상은 다양한 사람과 삶들로 이루어져 있다는 것을 배웠다. 땅도 크고 인구도 많다 보니 한국보다 다양한 사람들을 만날 수가 있었다.

직장 거래처 사람 중에 큰 사업가가 있었다. 술 유통업을 하는 사람이었는데, 엄청난 부자였다. 지역마다 개인 헬기 착륙장과 대저택이 있었다. 버는 돈이 셀 수 없다며 밥을 항상 호화롭게 먹었다. 아무리 부자지만 낭비가 심하다고 생각되었다. 알고 보니 찢어지게 가난한 집에 태어나 동생 두 명이 어릴 때 영양실조로 죽었다고 했다. 타고난 수단이 좋아 유통업에 종사하다 사업이 번창한 거였다. 먹는 것에 한이 맺혀 맛있는 것만 먹고 싶다고 했다. 이유를 알고 나니 씀씀이가 조금은 이해되었다.

회사 직원 중에 남은 음식을 몰래 싸가는 주방장이 있었다. 남은 음식은 폐기하는 게 원칙이라 몇 번 경고했는데 그대로였다. 해고 통보를 하니 바닥에 엎드려 서럽게 울었다. 가난한 시골 출신이었는데 부인은 쌍둥이를 임신 중이었다. 엄마는 치매였다. 월급이 25만 원인데 월세, 생활비, 병원비로 쓰면 남는 게 없다고 했다. 딸이 7살인데 구순구개열이었다. 딸 수술비가 20만 원인데 그 돈이 없어 수술을 못 한다고 했다.

"딸 초등학교 입학 전까지 수술시켜주고 싶어요. 지금 해고
되면 가족은 다 죽어요. 살려주세요."

사정이 딱했다. 왜 음식을 가져가는지도 이해되었다. 음식을 가져가지 않는 조건으로 회사에서 수술비를 지원해 주었다. 그 후로 일을 정말 성실히 잘했다. 마주치면 늘 고마움을 표시했다.

머리를 안 감는 여직원이 있었다. 일주일에 한 번 정도 감는 것 같았다. 비듬과 기름 범벅이 된 머리를 하나로 묶고 다녔다. 근처에 가면 이상한 냄새가 코를 찔렀다. 위생교육 할 때 머리를 매일 감아야 한다고 알려주었다. 그 직원이 깜짝 놀라 되물었다.

"세상에 머리를 매일 감는 사람이 어디 있어요? 매일 목욕탕
가려면 돈이 엄청나게 든다고요!"

식당 종업원 대부분이 시골에서 올라와 쪽방에서 살았다. 그곳엔 목욕 시설이 없었기에 씻기 위해선 동네 목욕탕을 가야 했다. 식은 월급으

로 매일 샤워하기란 쉬운 일이 아니었다. 그 말을 들으니 이해되었다. 회사에서 목욕비를 지원해 주었다. 그 후 찰랑거리는 머릿결을 볼 수 있었다.

중국에 있는 동안 삶이 다양하다는 것을 알았다. 각자의 삶은 이유가 있고 존중받아야 했다. 시야가 넓어지니 사람에 대한 포용력과 이해도 높아졌다. 그래서 웬만한 일에는 '그럴 이유가 있겠지'하고 넘긴다.

마지막으로 중국어는 좋은 친구를 만나게 해주었다. 차오후이와 요꼬이다. 만약 요꼬가 없었다면 첫 번째 난관에서 포기했을 것이다. 잃을 게 없었다. 한국으로 돌아가 취업하면 그만이었다. 요꼬가 선물한 포스트잇이 포기하고 싶은 마음을 잡아주었다. 그녀는 본보기자 유일한 멘토였다.

차오후이는 위대한 선생님이자 멋진 친구였다. 그가 없었다면 현재의 나도 없었다. 받기만 하고 해준 게 없어 늘 미안하다. 철없던 친구를 잘 배려해주던 그에게 평생 감사하며 살아갈 것이다.

중국어를 배우지 않았다면 그 둘을 만날 수 없었을 것이다.

중국어 그게 뭐라고? 그래봤자, 한낱 언어 아니야? 남들이 보기엔 별거 아닌 중국어일 수도 있다. 그러나 난 중국어를 통해 세상을 삶을 알게되었다. 분명 반드시 중국어가 아니었었어도 되었을 것이다. 단지 무언가 하나에 미치도록 몰두하고, 노력했던 삶의 자세. 나에게는 그 수단이 중국어가 된 것 뿐이었다. 중국어를 공부하며, 배우게 된 중국이라는 나라의 문화와 중국인들의 삶의 자세. 낯선 타국에 홀로 떨어져 스스로를 키워내기 위해 발부림 쳤던 과거의 흔적들. 그 치열했던 삶의 흔적들이 나에겐 '중국어'라는 세 글자 안에 포함되어 남아있는 것이다. 그렇기에 나에게 있어서 중국어는 단순한 언어를 넘어, 더 큰 의미를 지니고 있는 '철학'같은 것이라고 할 수 있다.

중국어를 통해 난 중국이라는 세계를 알게 되고, 이해하게 되었으며 종국에는 '나'라는 세계 또한 이해하고 알 수 있게 되었다. 우연한 시기에 우연히 가게 된 어학연수였지만, 난 그것을 통해 세계를 이해하고 내 자신을 이해하는 시야와 포용력을 배웠고, 소중한 친구를 만나게 되었다. 처음엔 우연히 시작한 중국어였지만 어느 순간 내 가슴속 깊이 닿은 중국어는 필연으로 완성된 것이다. 중국어가 당신에게도 그러한 것이 될 수 있기를 바라며 이만 글을 마친다.

마치는 글

문화를 알아야 진정한 중국을 알 수 있다. 문화를 이해하기 위해서는 친구를 사귀어야 한다. 친구를 통해 언어를 배울 수도 있지만, 더 큰 것을 배울 수 있다. 중국은 인간관계에 독특한 특징이 있다. 중국에서 사업이나 거래를 하다 뒤통수 맞는 경우를 종종 봤다. 중국은 사기 친 사람이 나쁜게 아니라 사기당한 사람이 멍청하다고 생각한다. 멍청한 게더 죄인 것이다. 당한 사람으로서는 억울하다.

그 중국인이 나쁜 걸까? 아니다. 관념의 차이일 뿐이다. 중국인을 이해하기 위해서는 '꽌시关系'를 이해해야 한다. 꽌

시는 연줄, 인맥이다. 아는 사이를 넘어선 사람 간의 깊은
유대감이다. 가족과 같은 끈끈한 관계를 말한다. 중국은 꽌
시를 중시한다. 아무리 오래 거래를 했어도 꽌시가 형성되지
않았으면 언제든 이익에 따라 돌아설 수 있다. 꽌시는 돈으
로 맺을 수 있는 게 아니다. 함께 한 시간이 길다고 형성되
는 것도 아니다.'꽌시'하나면 모든 게 통과다. 좀처럼 배신하
지 않는다. 꽌시 형성이 안 된 사람에게 중국인은 의리 없는
사람 비칠 수도 있다. 꽌시를 맺은 사람에겐 세상에 둘도 없
는 의리파가 중국인이다.

처음 꽌시의 중요성을 느낀 것이 차오후이 집에 갔을 때
였다. 차오후이라는 보증인이 있었기에 어떤 집에 가도 환대
를 받았다. 어떤 일이든 발 벗고 나서서 도와줬다. 직장 생활
을 할 때도 다르지 않았다. 꽌시가 없는 직원은 작은 이익에
돌아섰다. 꽌시가 형성된 직원은 회사 상황이 어려워도 함께
헤쳐 나갔다. 중국 상해에서 일할 때였다. 천진 지점 매니저
가 고객사와 갈등이 있었다. 고객사가 매니저 교체를 요구했
고 그 과정에서 큰 소동이 있었다. 지점이 안정될 때까지 내
가 관리를 맡았다. 직원 30%가 사직을 했다. 기존 매니저와
꽌시가 끈끈한 사람들이었다. 30%가 갑자기 빠지면 큰 타격
이었다. 돈으로 회유하고 인간적으로 사정했다. 통하지 않았
다. 전 매니저와 의리가 더 중요했다. 남은 직원은 나와 꽌시
가 형성된 사람이었다. 원래 3교대 근무였으나 2교대로 근

무했다. 과로에 다들 파김치가 되었지만, 끝까지 최선을 다했다. 한 달 뒤, 안정을 찾았다. 고생한 직원들에게 포상금을 주었다. 그만둔 직원을 나쁘다고 할 수 있을까? 그들로서는 의리를 지킨 것이다. 그만둔 직원이나 남은 직원이나 방향은 달랐지만 다들 자신의 의리를 지킨 것이다. 이것이 중국의 꽌시를 보여주는 작은 에피소드이다. 이러한 문화를 이해하려면 중국인과 깊은 유대감을 맺어야 한다. 가장 빠른 방법이 친구를 사귀는 것이다. 관계에서 진심과 최선을 다해야 한다. 중국 친구의 공통된 특징은 하나를 베풀면 두 개를 되돌려 준다. 물론 모두가 그런 건 아니다. 대체로 그렇다. 중국어를 배우고 있다면 중국인과 탄탄한 우정을 꼭 만들어보길 바란다.

즐겨야 한다. 중국어는 고통과 성취의 언어였다. 실력이 올라갈 때마다 성취감을 느꼈다. 생각대로 안 되면 고통스러웠다. 어학연수 내내 고통과 성취의 반복이었다. 고통이 조금 더 컸다. 즐기지 못해서였다. 시험 성적에 집착하고 자신을 궁지로 몰아넣었다. 어학연수를 마치고 편안한 마음으로 공부했을 때 더 재미있었다. 이 시기부터 중국어를 즐기기 시작했다. 성적에 집착하지 않으니 HSK 급수가 더 잘 나왔다. 중국 친구 쥐신과 놀이처럼 북방 중국어를 배웠다. 공부가 아닌 취미였다. 배워두면 좋은, 안 배워도 그만이었다. 즐겁게 배우니 오히려 너 질 입력되있다. 더는 스드레스가 아니었다. 처음부터 즐기며 한다면 가장 좋은 방법이다. 언어는 한순간에 완성되는 것이 아니다. 즐기지 않으면 중간에 포기하게 된다. 열심히 공부했는데 즐기며 공부한 사람에겐 상대가 되지 않았다. 즐기는 자는 아무도 이길 수 없었다. 안타깝게도 처음에 즐기지 못했다, 일 년이 지나서야 집착을 내려놓고 즐기게 되었다. 여러분에게 중국어는 고통이 아닌 온전한 즐거움이 되기를 바란다. 즐기며 배운 중국어는 누구도 따라 올 수 없다.

꾸준하게 가꾸어라. 모국어가 아니라 자주 쓰지 않으면 녹이 슨다. 언어는 화초와 같다. 꾸준히 물을 주고 잎을 닦아야 한다. 때로는 병이 생겼는지 유심히 관찰해야 한다. 가꾸지 않으면 서서히 말라간다. 어느 정도 퇴보는 잡을 수 있지만, 그 기간이 길어지면 되돌리기 힘들다.

자만했던 적이 있었다. 어학연수 및 직장 생활로 중국에서 5년을 살았다. 그 기간 중국 사람들 틈에서 지겹도록 살았다. 중국어가 한국어만큼이나 익숙했다. 5년간 한국어를 거의 쓰지 않아도 잊지 않았다. 중국어도 그럴 것이라 착각했다. 대학원에 진학해 중국어를 사용할 일이 거의 없었다. 몇 년이 지나자 단어가 가물가물했다. 들으면 아는데 그냥 생각하면 바로 떠오르지 않았다. 성조도 헷갈렸다. 실력이 퇴보했다. 되돌리기 위해 시간을 투자했다. 처음 만큼을 아니지만, 꽤 노력했다. 애써 배운 중국어를 잊지 않으려면 주기적으로 뱉어야 한다. 병음표 연습, 중국 드라마·영화 시청, 중국 노래 부르기, 중국어 유튜브 시청 등등. 어떤 것이든 좋다. 중요한 건 주기적으로 꾸준히 하는 것이다. 애써 습득한 중국어를 잊는 게 아깝지 않은가? 돈으로 살 수 없는 자산을 잃는 것이다. 중급 이상의 수준에 도달했다고 안심하지 마라. 꾸준하게 관리해서 당신의 멋진 자산을 꼭 지키기 바란다.

돌아보면 어떻게 그렇게 치열하게 공부했을까 싶다. 다시 돌아간다면 그럴 자신이 없다. 좀 더 느려도 즐기며 할 것 같다. 힘든 시간이었지만 노력은 배신하지 않는다는 걸 배웠다. 그때의 힘듦이 있었기에 지금의 내가 있다. 중국어 덕분에 지금 밥 먹고 살 수 있게 되었다. 참으로 감사한 존재이다.

중국어 바라기

이유진

저자 **이유진**

출생지 대구광역시. 연세대학교 중어중문학박사 수료. 대만국립사범대학교 국문학 박사 수료.
연세대학교(연구생) 소속
논문 「중국어교육현황 조사 및 분석연구: 서울시 소재 대학교를 대상으로」(『중국학연구』 75집), 「한국
초등학교의 중국어 교육현황 조사연구」(『Foreign Languages Education』 23집), 「중・고등학교중국어
교육현황조사」(『중국어문논총』 74집), 「중국어 교육현황 조사 및 분석연구: 서울 소재 사설학원을 중심
으로」(『중국어문학논집』 102집).
저서로 『2015년 서울시 중국어 교육기관 현황조사』(2017, 학고방)가 있다.
중국어문학연구회 회원, 중국어문연구회 회원 활동 중.

중국어 체험기
중국어로 유튜브 인싸되기

2021년 12월 10일 초판 인쇄
2021년 12월 20일 초판 발행

지은이   이 유 진
펴낸이   한 신 규
표지디자인 이 미 옥
본문디자인 김 영 이

펴낸곳   글터
주 소   05827 서울특별시 송파구 동남로 11길 19(가락동)
전 화   070-7613-9110 **팩스** 02-443-0212 **E-mail** geul2013@naver.com
홈페이지   http://www.mun2009.com
출판등록   2013년 4월 12일(제25100-2013-000041호)
출력인쇄 문성원색 **제본** 보경문화사 **용지** 종이나무

ISBN   979-11-88353-40-5   03820   **정가** 17,000원